KB196067

오래된 시의 초대

일러두기

* 이 책에서는 작품을 최대한 원문에 가깝게 제시하고자 했으나 원활한 독해를 위해 띄어쓰기나 오기를 바로 잡았고, 옛한글은 현대어로 바꾸어 표기했다.
* 단행본은 《》, 단편 시와 소설, 노래 제목 등은 〈〉로 표기했다.

오래된 시의 초대

하루 한 편 고전 시가

안희진 지음

포르체

들어가는 말

때는 고등학교 재학 시절, 1학년 겨울 방학에 고전 문학을 집중적으로 공부해야겠다고 마음먹었다. 고등학교에 들어오면서 마주하게 된 고전 문학 작품들이 너무 어렵고 낯설게 느껴진 탓이었다. 이번 방학 동안 제대로 각을 잡고 고전 문학 공부를 해 두지 않으면 2학년, 3학년 때 더욱 고생할 것이라는 생각이었다. 시중에 있는 두껍고 유명한 고전 문학 선집을 한 권 구해 아침 9시부터 정오까지 매일 3시간을 학교 도서관에서 고전 문학만 공부했다. 아니, 고전 문학에 빠져 버렸다.

고1 겨울 방학의 아침 3시간은 공부의 기억으로 남아 있지 않다. 처음에는 분명 공부의 목적으로 시작했건만, 어느새 즐겁고도 행복한 독서의 시간으로 변한 것이다. 그렇게 아침 시간을 고전 문학에 푹 빠져 보내고 나면 점심을 먹으러 가는 마음이 더할 나위 없이 뿌듯하고 충만했다. 오늘은 어떤 작품을 읽을 수 있을지 목차를 뒤적이며 순수한 재미로 읽어 나가던 시가들과 소설들. 조상님들도 우리랑 다를 바 없이 사랑하고 미워하고 기뻐하고 분노하며 한세상 살다 가신 것을 지켜보며, 인생이란 이런 것인가 골똘히 생각하기도 했다. 이후 여러 군데를 기웃거리며 지망 학과가 바뀌기는 했지만, 결국 나는 이때의 재미를 잊지 못하고 국어교육과에 진학했다.

국어교육과에 와 보니 이곳은 혼자 도서관에 파묻혔을 때와 비교할 수 없이 문학의 깊이와 넓이가 더한 곳이었다. 그야말로 문학을 사랑하고 연구하는 이들이 같은 마음을 가진 이들과 함께하며 서로 가르치고 배우는 곳이었다. 고전 산문 교육론의 첫 수업 시간을 김수영 시인의 〈거대한 뿌리〉로 시작하며 내 마음속 놋주발을 쨍쨍 울리는 교수님이 계신가 하면, '사랑한다'의 반대말이 왜 '사랑하지 않는다'가 아니라 '사랑했다'인지를 알려 주시는 교수님이 계셨다. 《춘향전》 하나로 인생의 희노애락을 모두 섭렵하시는 교수님이 계셨고, '웃음으로 눈물 닦기'라는 문화적 현상이 어떻게 여전히 그 힘을 발휘하는지 보여 주시는 교수님이 계셨다. 이러한 교수님들께 문학과 사랑을 배우며, 문학을 향한 나의 사랑을 더 키워 갔다. 이 사랑의 발현은 자연스럽게 문학의 아름다움을 전하는 일을 하고 싶다는 생각으로 이어졌다.

그렇게 국어 교사가 된 지 벌써 15년이 되었다. 문학을 향한 나의 사랑, 특히 고전 문학을 향한 사랑을 다른 이들도 함께 느꼈으면 좋겠다는 생각으로 교사가 되었다. 하지만 그간 만났던 학생의 대부분은 고전 문학을 사랑하기는커녕 낯설고 어려워했다. 아무래도 한자가 사용된 부분이나 옛날의 표기 방법을 그대로 따온 부분이 익숙하게 느껴지지 않고, 머나먼 옛날의 이념과 정서가 지금과 맞지 않는 부분이 있어서이기도 하겠다. 하긴 임금을 향한 충성이라든지, 자연 속에서 노니는 흥취 등은 10대 후반 학생들에게 크게 다가오지 않는 소재이다.

이럴 때 내놓을 수 있는 비책이 바로 사랑을 다룬 고전 시가이다. 고전 문학을 어려워하는 학생들이라도, 크고 작은 사랑의 경험을 바탕으로 문을 똑똑 두드릴 수 있다. 사랑에 빠지고 사랑에 다치고 이별에 울었다가 성숙해진 자신을 발견하는 이 모든 사랑의 과정이 고전 시가에 있기 때문이다. 내 마음을 나보다 더 잘 표현해 주는 시조, 꾹꾹 담은 마음을 한 자 한 자 펼쳐 내는 한시, 같이 손잡고 한바탕 울어 버리고 싶은 고려 가요⋯⋯. 수백 년, 수천 년 전의 사람들도 지금과 다름없이 사랑에 웃고 이별에 울었다는 것을 확인하면서 학생들은 서서히 고전 시가의 매력에 빠져들었다. 돌이켜 보면 나도 고1 겨울에 사랑을 다룬 고전 시가를 제일 열심히 읽었다.

비단 학생들뿐만이 아니다. 어느덧 어른이 되어 생업의 전선에서 바삐 뛰는 현대인들도 마찬가지다. 학창 시절 고전 문학을 어렵고 낯설게만 느꼈더라도 지금 다시 한번 고전 시가를 찬찬히 읽어 보면 그때와 다르게 다가오는 인상이 있을 것이다. 학교를 졸업하고 대개는 고전 문학을 다시 들춰 볼 일이 없었겠지만, 학생 때보다 더욱 다사다난하게 사랑을 겪고 이별을 마주하며 생을 살아 내고 있지 않은가. 성숙해지고 단련된 마음으로 살펴보는 고전 시가는 그때의 나와 지금의 나, 앞으로의 내가 맞이하고 겪고 견뎌 내는 사랑이 어떤 사랑인지를 곰곰이 생각해 볼 수 있게 해 준다. 틈틈이 떠올리는 시가의 구절들은 인생을 살아가는 데 있어 작은 위로와 격려가 되어 주리라고 생각한다.

이 책은 사랑과 이별을 주제로 한 고전 시가들을 계절의 흐름에 따라 4부로 나누어 구성하였다. 이는 계절의 흐름과 사랑의 흐름에 유사성이 있다는 점에 착안한 것이다. 사랑이 꽃피는 봄과 뜨거운 사랑의 깊이를 보여 주는 여름, 낙엽처럼 흩날리는 이별의 가을과 추위에도 더욱 성숙해지는 겨울을 생각하며 시가들을 분류하였다. 이러한 이유로 작품의 실제 계절적 배경과 작품이 속한 부의 계절이 반드시 같지 않다는 점을 말씀드린다. 또 작품의 표기와 해석은 대부분 참고 문헌의 원문과 현대 어역을 따랐으나, 일부는 원문의 분위기와 의미를 해치지 않는 선에서 더욱 이해하기 쉬운 표현으로 바꾸어 수록하였음을 미리 밝힌다.

책을 내며 감사한 분들의 얼굴이 떠오른다. '문학 소녀'로서의 면모를 유감없이 발휘하며 책의 집필을 제안해 주신 포르체 박영미 대표님과, 부족한 글을 꼼꼼히 봐주시고 책으로 완성해 주신 이경미 편집자님께 진심으로 감사드린다. 더불어 나를 문학의 세계로 이끌어 주신 선생님들과 교수님들께 깊이 감사드린다. 가깝고 먼 곳에서 서로 응원하는 친구들과, 나의 분신인 동생 완동에게 곁에 있어 주어 고맙다는 인사를 전한다. 나를 사랑으로 돌보며 묵묵히 바라봐 주시는 부모님과 시부모님께 사랑한다는 말씀을 드린다. 내게 새로운 세상을 열어 준 남편과

아들에게도 감사하며, 앞으로도 정답게 지내자고 말하고 싶다.

차례

2부
뜨거운 태풍이 지나간 자리, 여름

3부
어긋나고 흩어지는 마음, 가을

4부
굳은 땅속에 내리는 뿌리, 겨울

1부

나뭇잎 사이로 비치는 사랑의 기운, 봄

임이 오마 하거늘

작자 미상

임이 오마 하거늘 저녁밥을 일찍 지어 먹고

중문 나서 대문 나가 지방 위에 치달아 앉아 이수
로 가액하고 오는가 가는가 건넛산 바라보니 검어희
뜩 서 있거늘 저야 임이로다 버선 벗어 품에 품고 신
벗어 손에 쥐고 곰비임비 임비곰비 천방지방 지방천
방 진 데 마른 데 가리지 말고 워렁충창 건너가서 정
엣 말 하려 하고 곁눈을 흘깃 보니 작년 칠월 열사흘
날 갉아 벗긴 주추리 삼대 살뜰히도 날 속였다

모쳐라 밤이기 망정이지 행여 낮이런들 남 웃길 뻔
하였다

이수로 가액하고 손을 이마에 대고.
주추리 삼대 삼의 줄기.

19

너를 기다리는 동안*

누군가를 간절히 기다리다 보면, 나의 시각과 촉각이 한껏 예민하게 돋아난다. 그러고 나면 내가 그의 기척을 한참 더듬고 있음을 알게 된다. 저기 저 멀리서 어른어른하는 것이 그의 실루엣은 아닐까, 바스락 소리는 그의 발걸음이 아닐까, 하고 기다리는 이는 끊임없이 대상을 향해 촉수를 뻗는다. 가까이 다가와야만 느낄 수 있는 후각과 실체를 만져야 느낄 수 있는 촉각에 비해, 시각과 청각은 기다리는 마음을 증폭할 수 있는 도구의 감각인 듯하다.

임이 온다는 말에 한껏 들떠서, 저녁도 일찍 지어 먹고(아마 밥이 목구멍에 들어가는 둥 마는 둥 했을 것이다) 대문 밖에 나가 손차양을 만들어 목이 빠져라 건너편 산을 바라보는 화자를 상상해 보자. 검은 것도 같고 흰 것도 같은 어슴푸레한 것이 눈에 들어온 순간 화자는 임인가 싶어 다짜고짜 그쪽으로 뛰기 시작한다. 이때 화자의 뛰는 모습을 묘사한 부분이

*황지우, 《게 눈 속의 연꽃》 속 단편 제목 인용

이 시조의 매력 지점이다. 원문을 그대로 표기하자면 "곰븨님븨 님븨곰븨 천방지방 지방천방", "워렁충창" 뛰어가는 화자의 모습은 작은 웃음을 자아낸다. 이 부사들의 정확한 뜻은 몰라도 된다. 그냥 느껴지지 않는가. 철퍼덕 넘어졌다 다시 일어나 우당탕 허둥거리며 뛰는 모양새는 임을 기다린 간절한 마음을 너무나도 잘 보여 준다. 어떤 눈치도 보지 않고, 있는 그대로 탈탈 털어 보여 주는 마음이다.

그렇게 신나게 뛰어가 만난 어슴푸레한 임은 누구였을까? 다름 아닌 작년 7월에 껍질을 벗겨 세워 놓은 삼 줄기였다. 화자는 자신을 속인 삼 줄기에게 화를 내는 한편, 지금이 어두운 밤인 덕분에 이 우스운 꼴을 남이 못 봐 다행이라고 생각한다. 허탈하면서도 스스로가 우습기도 하고, 잘못 없는 삼 줄기에 화풀이를 하고도 싶은 복잡다단한 심경일 것이다. 어수선한 마음으로 가쁜 숨을 몰아쉴 화자가 참 사랑스럽다.

기다리는 이를 속이는 것은 보이는 것만이 아니다. 어쩌면 나의 신경을 더욱 곤두서게 만드는 것은 들리는 것, 바로 소리가 아닐까? 가만가만, 조용한

가운데 느껴지는 기척에 귀를 쫑긋하고 집중해 본 사람은 공감할 것이다. 이번에는 소리에 속은 또 한 명의 기다리는 이를 만나 보자.

> 마음이 어린 후이니 하는 일이 다 어리다
> 만중운산(萬重雲山)에 어느 임 오리마는
> 지는 잎 부는 바람에 행여 그인가 하노라
> ─ 서경덕

조선 중기의 기녀 황진이와 교류한 것으로 널리 알려진 유학자 서경덕의 시조다. 임이 올 리 없다는 것을 알면서도 바람 소리, 바람에 지는 나뭇잎 소리가 혹시 임이 오는 소리가 아닐까 기대하며 스스로를 자조한다. 우스운 착각은 모두 기다리는 마음에서 비롯된 것이다. 기다리는 마음은 이처럼 삼 줄기를 임으로 그려 내고 바람 소리를 임의 발걸음으로 들리게 하는 신비한 힘을 지녔다. 기다림의 정도가 크면 클수록 모양과 소리는 크게 나타났다가, 임이 아님을 확인하고 나면 깊은 자조와 허탈감으로 사라진다. 나아가면 환각과 환청이 될 수도 있을 기다림의 끝이다. 하지만 살뜰히 속고 어린 마음으로 겪어 낸 기다림의 끝을 환각과 환청이라는 이상 병증으로 명명하고 싶지 않다. 그저 지극한 사랑이 가지고 온 감각의 착오로, 그 순수함과 절실함을 응원하고 싶 을 따름이다.

동짓달 기나긴 밤을

황진이

동짓달 기나긴 밤을 한허리를 베어 내어
춘풍 이불 아래 서리서리 넣었다가
어론 임 오신 날 밤이거든 굽이굽이 펴리라

어론 정을 통한. 정을 둔.

줄이고 늘이는 밤의 묘미

동지(冬至)는 1년 중 밤의 길이가 가장 긴 날이다. 대개 양력으로 12월 하순에 속하고, 밤의 시간이 14시간이 넘는다. 이맘쯤이면 오후 5시가 넘어 벌써 어두워지기 시작해, 7~8시면 한밤중이나 다름없다. 전기가 없었던 조선 시대의 동짓달이라면 밤의 어둠과 적막함의 정도가 지금보다 훨씬 더했을 것이다.

이렇게나 어둡고 기나긴 밤에, 임 없이 이 밤을 홀로 보내야 하는 여인의 마음은 어땠을까? 지루하고도 막막했을 것이다. 등잔불을 켜고 책도 읽어 보고, 미뤄 뒀던 바느질도 한 땀 한 땀 해 보지만 시간은 도무지 흐르지 않는다. 시간이 지났나 싶어 창을 보면 여전히 어둠이 가득하다. 한참을 뭉개다가 또 바깥을 바라보아도 여전하다. 하릴없이 이 생각 저 생각으로 시간을 보내던 여인은 드디어 독특한 공상에 이른다. 임 없이 지루한 이 밤의 시간을 뚝 잘라 임과 함께하는 행복한 시간에 갖다 붙이자고. 옷감을 자르고 이어 붙이다가 든 생각일까? 밤이라는 추상적인 시간을 손에 잡히는 구체적인 물건처럼 다룬 생각이 재미있다. 혼자 외로운 시간은 짧게, 임과 더불어 사랑을 나누는 시간은 길게 만들기.

아인슈타인의 상대성 이론까지 운운하지 않더라도 시간은 상황에 따라 다르게 흐른다. 심심하고 무료한 시간은 천천히 흐르고, 즐겁고 행복한 시간은 언제 지나갔는지 모를 만큼 쏜살같이 지나가는 경험은 누구나 겪어 보아 잘 알 것이다. 더구나 임 없는 겨울밤과 임과 함께하는 사랑의 밤을 비교해 본다면, 그건 하루와 1시간의 차이 정도 되지 않으려나.

춘풍 이불 안에 따뜻하게 넣어 둔 동짓달의 기나긴 밤. 그 밤을 펼치는 날은 아무리 많은 밤을 갖다 붙여도 아쉬울 것이다. 마치 여인의 마음속에 들어갔다 나온 것처럼 그 마음을 잘 아는 고전 수필이 있어 함께 소개한다. 조선 시대 정조 때 활동했던 문인 이옥의 글로, 이옥이 밤이 깊도록 잠들지 못하고 겨울밤이 긴 것을 한탄하자 "어르신에게만 긴 것입니다"라며 이옥의 종이 답하는 부분이다. 모시는 어른에게 자칫 당돌한 종이 아닌가 싶지만, 답 속의 밤이 너무 아름다워 수긍할 수밖에 없다.

열여섯 아리따운 여인과 열여덟 다정한 낭군이 떨어져 있을 때가 많다 보니 만날 때마다 새로워 정은 가득하고 그리움은 깊습니다. 이에 비단 옷자락을 잡고 침실 문을 열고 조호를 먹고 향초를 태웁니다. 이윽고 허리띠를 풀고 희디흰 팔을 끌어당기는데, 마음은 누운 자리를 따라갈수록 그윽해지고, 정은 이불과 함께 점점 두터워지니, 몸은 나른하기가 봄과 같고, 정신은 술을 마신 듯 화창합니다. 꽃 같은 땀이 미세하게 맺히는데 좋은 꿈은 오래가지 않습니다. 행여 닭이 울까 염려하고, 비단창이 아직 어두운 것을 아낍니다. 천신이 이러한 사정을 헤아려 밝은 달을 달아 비추지 않기를 원합니다. 이런 때라면 밤이 길다고 하겠습니까?

　―이옥 저, 채운 역, 《낭송 이옥》, 북드라망, 2015.

정석가(鄭石歌)

작자 미상

딩아 돌하 당금(當今)에 계십니다
딩아 돌하 당금(當今)에 계십니다
선왕성대(先王聖代)에 노니고 싶습니다

삭삭기 가는 모래 벼랑에 나난
삭삭기 가는 모래 벼랑에 나난
구운 밤 닷 되를 심습니다
그 밤이 움이 돋아 싹이 나야
그 밤이 움이 돋아 싹이 나야
유덕(有德)하신 임을 여의겠습니다

옥으로 연꽃을 새깁니다
옥으로 연꽃을 새깁니다
바위 위에 접붙입니다
그 꽃이 삼동(三同)이 피어야
그 꽃이 삼동(三同)이 피어야

유덕(有德)하신 임을 여의겠습니다

무쇠로 철릭을 재단하여 나난
무쇠로 철릭을 재단하여 나난
철사로 주름을 박습니다
그 옷이 다 헐어야
그 옷이 다 헐어야
유덕(有德)하신 임을 여의겠습니다

무쇠로 큰 소를 지어다가
무쇠로 큰 소를 지어다가
쇠나무 산에 놓습니다
그 소가 쇠로 된 풀을 먹어야
그 소가 쇠로 된 풀을 먹어야
유덕(有德)하신 임을 여의겠습니다

철릭 옛날에 무관이 입던 공복.   29

구슬이 바위에 떨어진들

구슬이 바위에 떨어진들

끈이야 끊어지겠습니까

즈믄 해를 외로이 지낸들

즈믄 해를 외로이 지낸들

신(信)이야 끊어지겠습니까

영원한 사랑의 맹세

수십 년간 동일한 광고 카피를 사용한 것으로 유명한 보석 회사 드비어스(De Beers). 이 회사의 광고 카피는 바로 "A diamond is forever(다이아몬드는 영원히)"이다. 이 카피 덕분인지 다이아몬드는 영원한 사랑의 증표로 자리매김했고, 영원한 사랑을 맹세하는 결혼반지의 보석으로 꾸준히 인기를 끈다. 청혼의 순간이나 결혼식장에서 사랑하는 이에게 반지를 건네며 영원히 당신을 사랑하겠다고 다짐하는 모습은 제삼자가 보아도 반짝이고 아름답다.

이처럼 다이아몬드도 영원을 표현하는 좋은 방법이지만, 때로 한 곡의 노래가 다이아몬드보다 절실하게 불변의 사랑을 향한 의지를 드러낼 수 있다. 문학이 가진 힘으로, 사람의 감정을 움직이는 다양한 표현으로, 그 노랫말을 쓰며 생각했을 연인을 향한 마음으로.

이 노래에서는 현실적으로 불가능한 상황들을

열거하며, 그 일들이 벌어져야만 임과 헤어지겠다는 다짐으로 영원한 사랑을 맹세한다. 화자가 제시하는 4가지의 조건을 보자. 모래 낭떠러지에 구운 밤을 심고 그 밤이 움터 싹이 날 때, 옥으로 새긴 연꽃을 바위에 접붙이고 그 꽃이 필 때, 무쇠로 재단한 옷감에 철사를 박고 그 옷이 해질 때, 무쇠로 만든 소를 쇠나무 산에 풀어 놓고 그 소가 쇠로 된 풀을 다 먹을 때. 이런 상황들은 도저히 가능하지 않은 상황들이기에 임과의 이별도 그만큼 불가능한 일이라는 것을 짐작하게 한다. 더불어 각 상황을 상상해 낸 마음이 얼마나 간절한 것인지도 온몸으로 느낄 수 있다.

이루어질 수 없는 일이 이루어져야만 이별할 수 있다는 이 독특한 역설의 표현은 여러 문학 작품에 활용되었다. 고전 시가에서는 대표적으로 오지 않는 임에게 "병풍에 그린 황계 수탉이 꼬끼요 울거든 오겠느냐"라고 묻는 노래 〈황계사〉가 있다. 또 중국의 악부시(樂府詩) 〈상야(上邪)〉에서는 "하늘과 땅이 합쳐지는 날이 오면 감히 그대와 헤어지리다"라고 하여 표현과 주제까지 동일하다.

불가능한 어떤 상황을 설정해 놓고, 그때가 되

어야만 당신과 헤어지겠다는 방식으로 다양하게 변
주하는 것이 이 노래의 매력이다. 결코 가볍지 않은
무게가 실린 다짐이 인상적이기도 하다.

임의 변심을 걱정하는 것은 차치하고, 내가 변
할까 걱정되는 시대이다. 요즘 같은 시대에 이 노래
의 강력한 의지는 변해 가는 마음도 다시 돌릴 수 있
을 듯한 진정성을 보여 준다. 드물어서 더 귀중한 사
랑, 그야말로 다이아몬드와 비견할 수 있는 견고한
사랑이다.

헌화가(獻花歌)

견우 노인

자줏빛 바위 가에
암소 잡은 손 놓게 하시고,
나를 아니 부끄러워하시면
꽃을 꺾어 바치겠나이다.

꽃과 함께 건넨 마음

맹목(盲目). 표준국어대사전에는 이 단어의 2가지 뜻이 있다. 하나, 눈이 멀어서 보지 못하는 눈. 둘, 이성을 잃어 적절한 분별이나 판단을 못 하는 일. 아마도 두 번째 뜻의 '이성을 잃어'가 첫 번째 뜻의 '눈이 멀어서'에서 파생된 것일 텐데, 일상생활에서는 주로 중심 의미인 '눈이 멀어서'보다 주변 의미인 '이성을 잃어'의 의미로 더 많이 쓰이는 듯하다.

살면서 이성을 잃는 상황은 흔하지 않다. 이성을 잃으려면 극도의 감정이 치밀어 올라야 하는데, 극도의 감정을 끌어올릴 만한 사건이 자주 벌어지지 않기 때문이다. 게다가 사람은 이성적·사회적 동물이기에 사건이 벌어져도 어느 정도 감정을 다스리며 살아갈 수 있다. 하지만 그 사건이 사랑이라면, 이야기가 달라진다. 사랑이라는 낭만적 사건을 마주친다면 감정은 통제 불가능의 영역으로 충분히 진입할 수 있다. 통제 불가능의 사랑, 이성을 잃게 하는 사랑이란 얼마나 강력한 것일까? 사회 제도와 관습을 무시하고 자신의 안위와 미래도 저 멀리 날려 버릴 수 있는 맹목적인 사랑. 사랑 이외에 어떤 것도 생각하지 않는다는 점에서 어쩌면 이 맹목은 순수의 결정체일지도 모른다.

견우 노인의 순수한 사랑을 보여 주는 이 노래는 신라 성덕왕 때를 배경으로 설화와 함께 전해지는 향가이다. 배경 설화에 따르면, 아름다운 외모로 유명했던 수로 부인이 강릉 태수로 부임하는 남편 순정공을 따라가던 길에 절벽에 핀 예쁜 철쭉을 보았다고 한다. 꽃을 가지고 싶었던 수로 부인은 주변에 꽃을 따 줄 이가 없는지 물어보았지만, 절벽이 워낙 험준한지라 아무도 나서지 않았다. 그때 암소를 끌고 지나가던 한 노인이 절벽의 꽃을 따 수로 부인에게 바쳤는데, 꽃을 바치며 부른 노래가 바로 〈헌화가〉이다.

목숨 걸고 꽃을 꺾을 만큼 아름다웠다는 수로 부인의 미모를 상상해 보는 것도 즐거운 일이지만, 암소까지 놓고 천길만길 절벽을 오르는 견우 노인의 마음을 헤아려 보는 것도 재미있는 일이다. 사랑하는 사람이 원하는 것이라면 그 어떤 어려움이 있어도 얻어 내 그를 기쁘게 해 주고 싶은 마음. 이 마음이 극도에 달하면, 드디어 목숨을 내놓고 험준한 절벽을 오르는 지경에 이르게 된다. 어렵게 구한 꽃을 받고 기뻐하는 부인을 보는 노인의 얼굴은 부인의 얼굴보다 더 환했을 것이다. 철쭉보다 붉은 입술로 고맙다는 인사라도 건네준다면 그간의 고생은 씻긴 듯이 사라지리라.

　이러한 노인의 마음을 보고 서정주 시인은 시 〈노인 헌화가〉에서 "자기의 흰 수염도 나이도" "남의 아내인 것도 무엇도" "다아 잊어버렸었다"라고 말하며, "꽃이 꽃을 보고 웃듯이 하는 / 그런 마음씨밖엔, 아무것도 가진 것이 없었다"라고 적었다. 그야말로 모든 사회적 제약을 개의치 않고 순수한 사랑이 이끄는 대로 행동한 견우 노인이다. 그런 견우 노인이 저어하는 것은 단 하나, 수로 부인이 자신을 부끄러워하지 않을까 하는 것이다. 나이 차이도, 신분 차이도, 사랑의 대상이 유부녀라는 것 정도는 그에게 아무것도 아니다.

　어떤 이는 견우 노인을 보고 무모하다고 할지

모르겠다. 또 어떤 이는 미련하다고 할지 모르겠다. 하지만 그런 말을 하면서도, 그들은 견우 노인을 통해 자신의 일생을 돌아보리라 생각한다. 내 생에 이처럼 강력한 사랑이 있었는지, 내가 가진 모든 것을 놓고 뛰어들 수 있는 맹목적인 사랑이 있었는지 조용히 복기해 보는 것이다. 그윽하게라도 떠오르는 기억이 있다면 그 사람은 행복한 사람이다. 사랑의 극한에서는 무모함도 미련함도 존재하지 않는다. '꽃이 꽃을 보고 웃듯이 하는' 순수한 행복만 존재할 뿐이다.

만전춘별사(滿殿春別詞)

작자 미상

얼음 위에 댓잎 자리 보아

임과 내가 얼어 죽을 망정

얼음 위에 댓잎 자리 보아

임과 내가 얼어 죽을 망정

정 둔 오늘 밤 더디 새오시라 더디 새오시라

뒤척뒤척 외로운 침상에

어찌 잠이 오리오

서창을 열어보니

도화가 피었도다

도화는 시름 없어

봄바람에 웃네 봄바람에 웃네

넋이라도 임과 함께

지내는 모습 생각했더니

넋이라도 임과 함께

지내는 모습 생각했더니
우기시던 이 누구입니까 누구입니까

오리야 오리야
아련 비오리야
여울일랑 어디 두고
못(沼)에 자러 오느냐
못이 얼면 여울도 좋거니 여울도 좋거니

남산에 자리 보아
옥산을 베고 누워
금수산 이불 안에
사향 각시를 안고 누워
약 든 가슴을 맞추십시다 맞추십시다

아! 임이여 원대평생(遠代平生)에 여읠 줄 모르고 지
냅시다

날카로운 사랑의 감각

1연부터 강력하게 뇌리에 박힌다. 그 상황과 욕망이 너무나도 순식간에 펼쳐져, 읽는 이를 무방비 상태로 만든다. 천천히 정서를 쌓아 올리며 시상을 전개하는 여타의 시들과 달리, 이 고려 가요는 첫 장면부터 관객을 압도하는 영화처럼 포문을 연다. 이 노래를 배웠던 사람들도 대부분 2연부터는 잘 기억나지 않는다고 한다. 1연이 그만큼 기억에 남기 때문이다.

머릿속에 저절로 장면이 펼쳐진다. 이부자리 정도 되는 크기의 얼음덩어리가 있고, 그 위에 마련한 댓잎 자리 위로 연인이 밤새도록 정을 나누는 장면. 아무래도 배경은 야외여야 옳다. 말 그대로 얼음장같이 차가운 이부자리지만 그들에게 그런 것은 안중에도 없다. 서로에게 집중하기에도 시간이 모자라기 때문이다. 연인들은 그 밤이 너무 행복해 아침이 오지 않기를 바란다. 이 밤이 천천히 흐르기를 빌며

"더디 새오시라"를 반복하는 연인들을 은근한 달빛이 비출 것만 같다.

사랑을 나누는 연인들의 모습을 담은 고전 시가는 생각보다 꽤 많다. 그런데 그중에서도 이 노래가 특별히 더 사람들의 사랑을 받는 까닭은 무엇일까? 그 이유를 노래의 분위기와 상황의 긴장감에서 찾고 싶다. 날것의 묘사는 아니지만(이보다 훨씬 적나라하고 노골적인 작품도 많다), 분명히 육체적 사랑의 뜨거움을 보여 주는 장면의 분위기가 생생하다. 게다가 안정적이지 않은, 오히려 어딘가 불안하고 조마조마한 긴장 속에서 날카로운 촉각의 심상을 느끼게 하는 상황이 사람들을 끌어당기는 것이 아닐까 한다. 동사(凍死)를 불사하는 열망과 함께.

문정희 시인의 시 〈한계령을 위한 연가〉에는 "한겨울 못 잊을 사람하고 / 한계령쯤을 넘다가 / 뜻밖의 폭설을 만나고 싶다"라는 구절이 있다. 폭설 속에서 발이 묶여 '못 잊을 사람'과 고립되고 싶은 마음이 유난히 눈에 밟힌다. 낭만적이면서도 에로틱하고, 약간의 비감마저 느껴지는 '폭설'의 상황 속에서 "헬리콥터가 나타났을 때에도 / 나는 결코 손을 흔들지는 않으리"라고 다짐하는 화자의 모습은 "정 둔 오늘 밤 더디 새오시라"라고 소망하는 〈만전춘별사〉의 연인들과 다를 바 없어 보인다. 사랑은 이렇게 극단적인 상황에 놓일 때 더 강렬하게 끓어오르는 것일까?

유교 이념을 중시했던 조선 시대에는 '음사(淫詞)'라 하여 배척당하기도 했던 이 노래는 그에 굴하지 않고 대대로 살아남아 현대인들에게도 꾸준히 사랑받는 중이다. 얼음 위 댓잎 자리는 다소 품위가 없어 보일지 몰라도 인간의 욕망을 꾸밈없이 드러내는 사랑의 자리다. 한번쯤 누워 보고 싶은 욕망을 일으키는 마성의 자리. 연인 간의 '운우지정(雲雨之情)'은 이념과 품위를 따지지 않는다는 것을 다시 한번 깨닫는다.

바람도 쉬어 넘는 고개

작자 미상

바람도 쉬어 넘는 고개 구름이라도 쉬어 넘는 고개

산지니 수지니 해동청 보라매 쉬어 넘는 고봉(高峰)

장성령(長城嶺) 고개

그 너머 임이 왔다 하면 나는 아니 한 번도 쉬어 넘

어가리라

산지니 수지니 해동청 보라매 매의 이름들. 생육 형태나 연
령 등에 따라 구분함.

44

천 리 길도 한달음에

장성령 고개가 어디길래 이렇게 험준하게 묘사했나 찾아보았다. 전남 장성과 전북 정읍을 이어 주는, 크게 보아 내장산 일대에 포함되는 고개인데 다녀온 이에 의하면 그리 높지 않은 고개라 한다. 높고 험준한 고개라면 문경새재부터 떠올리는 나이기에, 실제 장성령 고개의 지세는 시조에 묘사된 것만은 못하게 느껴졌다.

그렇다면 이 시조에서 장성령 고개는 왜 이렇게 높게 묘사된 것일까? 그건 아마도 임을 향한 그리움을 극적으로 드러내고 싶은 화자의 의도적 표현일 것이다. 바람도, 구름도, 각종 사나운 매들도 쉬어 넘어야 하는 높은 장성령 고개이다. 그 높은 고개를 한달음에 달려갈 수 있을 만큼 임을 향한 그리움이 크며, 빨리 임을 만나고 싶은 화자의 마음이 이렇게나 간절하다는 것이다.

임이 오기만 한다면 화자는 바람과 구름, 매보

다 더 강한 존재가 되어 임을 맞으러 갈 수 있다. 임이 온다는 소식이 화자에게 불끈불끈 에너지원이 되어, 초인적인 힘을 불러일으키는 것이다. 고열과 몸살로 끙끙 앓아누웠다가도 멀리 사는 손주가 놀러온다는 소식에 기쁜 나머지 아픈 몸을 일으켜 갈비찜에 잡채를 만드는 할머니에게서 나오는 힘이랄까? 육체적 한계를 떨치고 불가능해 보이는 것을 가능하게 만드는 그 힘은 그리움과 보고픔, 간절함 등의 감정에서 나온다. 인삼이니 녹용이니 해도 역시 사랑 만한 에너지원이 없나 보다.

그간 지인들의 연애를 두루 접하며 장거리 커플의 이야기를 가끔 듣곤 했다. 서울과 경기도는 기본이고 편도 4시간 거리의 도시들, 미국의 동부와 서부를 넘어 국경을 넘는 장거리 연애의 커플들. 없는 시간을 만들어 몇 시간을 달려가 겨우 한두 시간 보고 돌아오는 그들을 보며, 가까운 거리의 연애만 했던 나는 혀를 내둘렀다. 그 시간과 에너지가 나오는 힘의 원천도 결국 사랑일 것이다. 몸은 피곤해도 눈빛은 반짝이던 그때의 연인들을 기억한다. 그러고 보면 멀고 높은 장애물은 아랑곳하지 않고 그저 빨리 임이 있는 곳으로 달려가고 싶은 연인들의 마음은 예나 지금이나 다를 바가 없다.

가을이 찾아오고 단풍 시즌이 되면 노랗고 붉게 물들 내장산과 그 일대의 백암산, 입암산이 떠오른다. 사랑하는 이들과 단풍을 즐기러 가고 싶은 곳이다. 잊지 않고 장성령을 찾아가야겠다. 그곳에는 바람과 구름이, 매서운 매들이 쉬엄쉬엄 고개를 넘어 갈지도 모를 일이다.

저 건너 흰옷 입은 사람

저 건너 흰옷 입은 사람 잔밉고도 얄미워라

작은 돌다리 건너 큰 돌다리 넘어 바삐 뛰어 간다

가로 뛰어 가는고 애고애고 내 서방 삼고라자

진실로 내 서방 못 될진대 벗의 임이나 되고라자

48   **잔밉고도** 몹시 얄밉고도.

내 것이 아니더라도

흥미롭게 읽다 종장에서 '뭐어어?' 하고 소리 질렀다. 화자의 발상에 기가 막힌 나머지 실소가 터져나오는 시조이다. 내 서방이 못 된다면 친구의 임이라도 되었으면 좋겠다는 것이 도대체 무슨 발상인가? 우선 나 자신은 종장에 동의할 수 없음을 먼저 밝힌다. 내 서방 삼고 싶은 이를 친구에게 양보하는넓은 아량은 내게 없는 까닭이다.

화자는 나와 조금 다른 성정의 사람인 듯하지만, 어떻게든 이해하려 노력해 보겠다. 먼저 화자의아량이 하해와 같이 넓고도 깊은 경우라고 생각해보자. 종장을 뜯어 보면 단서가 나오기는 한다. "내서방 못 될진대"라고. 자신과 잘되면 제일 좋겠지만,그게 안 된다면 친구의 임이라도 되었으면 좋겠다는뜻이니 이미 내 임인 이를 넘겨주는 것과 다른 상황이긴 하다. 못 먹는 감 찔러나 본다는 옛 속담과 정면으로 배치되는 훈훈한 장면이 아닐 수 없다.

다음으로, 화자의 사랑이 그만큼 크지 않을 수 있다는 전제다. 초장과 중장의 내용을 더듬어 보면 화자가 "저 건너 흰옷 입은 사람"을 본 것은 오늘이 처음인 듯하다. 정확히 누구라고 언급한 것이 아니다. 조금은 멀리서 바라본, 입은 옷을 가지고만 말할 수 있는 누군가를 지칭한 것이다. 이것으로 보아 겉보기에 멋있는, 활동적인 남성의 모습을 보고 좋게 생각한 정도인 것이라면 이해할 만하다. 하지만 화자가 흰옷 입은 사람을 생각하는 정도가 단순히 '괜찮다' 수준을 넘어 '반했다', '서방 삼고 싶다'라는 점을 기억해야겠다.

아니면 이렇게 생각해 보면 어떨까? 흰옷 입은 이가 너무 멋있어서, 친구 서방으로라도 두고 가끔 보고 싶다고. 아예 모르는 사람보다 친구의 서방이 되면 만날 기회가 조금은 있을 테니 그렇게라도 보고 싶을 만큼 흰옷 입은 이가 멋있었던 것이다. 멕시코 소설가 라우라 에스키벨의 소설 《달콤 쌉싸름한 초콜릿》의 주인공 페드로가 생각나는데(페드로는 사랑하는 티타와 이루어질 수 없자 티타를 물리적으로라도 가까이서 보겠다는 생각으로 티타의 언니와 결혼한다), 이 소설에서 벌어지는 일들을 생각해 보면 그리 권장할 방법은 아니다.

그러나 눈을 의심하게 하는 종장의 이 구절을 두고 너무 심각하게 생각할 필요는 없을 듯하다. 내 서방이 안 된다면 친구의 서방이라도 되어, 멋있는 사람 보며 나도 좋고 친구도 좋고 뭐 그랬으면 좋겠다고 소망하는 철없는 여인의 생각으로 이해하면 되지 않을까. 그렇게 이해하고 웃고 넘어가면 좋겠다. 엄격한 윤리하의 조선 시대에서, 여인들이 자유롭게 남성을 향한 마음을 표현한 것만으로도 이 시조는 충분히 사랑스러우니까.

그나저나 종장을 이야기하느라 초장과 중장을 건너뛰었는데, 초장과 중장에서도 나는 이미 미소를 지었음을 밝힌다. 흰옷 입고 돌다리를 이리저리 바쁘게 뛰어가는 한 남성을 보고 반해서, 바로 서방 삼고 싶다는 생각을 하는 성급하고도 귀여운 여인을 보면서 말이다. 종장의 기막힌 발상도 이 여인의 성급하고 귀여운 모습에서 나온 것이라 생각하니 고개가 끄덕여진다.

서방님 병들어 두고

김수장

서방님 병들어 두고 쓸 것 없어

종루 시장에 다리 팔아 배 사고 감 사고 유자 사고 석류 샀다 아차 아차 잊었구나 오화당을 잊어버렸구나

수박(水朴)에 숟가락 꽂아 놓고 한숨 겨워 하노라

다리 머리숱이 많아 보이려고 덧넣었던 가짜 머리카락.

오화당 오색으로 물들인 사탕.

사탕보다 달콤한 사랑

　감기 몸살이 심하게 나서 이불 싸매고 드러누우면 입도 깔깔하고 무얼 먹어도 잘 넘어가지 않는다. 그럴 때 생각나는 것은 달콤하고 시원한 아이스크림이다. 달콤한 그 맛이야 말할 필요도 없고 입안에서 사르르 녹는 시원함이 목구멍의 열도 내려 줄 듯하다. 진한 바닐라 아이스크림 한 입이 약처럼 느껴진달까.

　아플 때 달콤하고 시원한 것을 찾게 되는 건 조선 시대에도 마찬가지였던지, 이 시조의 화자도 아픈 남편을 위해 화채를 만들려고 한다. 화채를 만들기 위해 필요한 배와 감, 유자와 석류를 사는 아내가 있다. 그냥 먹어도 맛있을 이 과일들로 시원한 화채를 만들면 얼마나 맛있을까? 아마도 남편은 아픈 탓에 질기고 심심한 음식은 잘 못 먹을 텐데, 화채는 맛있게 먹을 수 있겠지 하고 생각한다. 얼른 남편이 기력을 회복하기를 바라는 마음으로 아내는 열심히 시장을 누볐을 것이다.

그런데 그렇게 열심히 쇼핑하다 보면 꼭 빠트리는 게 생긴다. 석류 샀다고 했을 때까지 평온하던 마음은 중장의 "아차 아차 잊었구나"에서 와장창 깨지며 분위기가 전환된다. 아 맞다, 사탕! 화채의 단맛을 위해 들어가야 할 오화당을 잊어버리고 탄식하는 화자에게 왜 이렇게 공감이 가는 것일까? 멍하니 앉아 한숨만 쉬는 화자의 모습이 안타깝긴 하지만, 나도 집에 와 빠트린 물건이 생각난 게 한두 번이 아닌지라 웃음이 난다.

"아차 아차" 덕분에 웃었다만, 사실 자세히 뜯어보면 웃을 수만은 없는 상황이다. 남편이 아파 병이 든 데다 가난하기까지 한 상황이니 말이다. 화자가 과일 산 돈을 마련한 경위를 보면 특히 마음이 아프다. 진짜 머리카락은 아니지만 당시 여인들이 사용했던 '다리'라고도 불리는 가체(加髢)를 팔아 돈을 마련한 것이기 때문이다. 여인들이 머리카락을 판다거나 결혼할 때 받은 패물을 파는 일은 웬만큼 가계 상황이 어렵지 않으면 하지 않는 일이니, 화자의 가정 형편을 짐작할 만하다.

가체를 팔아야 할 만큼 어려운 가정 형편이지만 남편을 생각하는 화자의 마음만은 넉넉하고도 넘친다. 남편의 입맛을 돋울 수만 있다면 빈약한 머리숱으로 다니는 것이 뭐 그리 대수이랴. 자신보다 남편을 위하는 화자의 사랑이 오화당만큼이나 달콤하다. 오화당이 들어갔든 안 들어갔든 달콤한 화채를 먹고 부디 서방님이 얼른 나으시기를. 쾌차하시어 어여쁜 아내 더욱 사랑해 주시기를 바라는 마음이 절로 생긴다.

북천이 맑다커늘

임제

북천이 맑다커늘 우장 없이 길을 나서니
산에는 눈이 오고 들에는 찬비로다
오늘은 찬비 맞았으니 얼어 잘까 하노라

우장 비옷.

아름다운 화답가

임제는 조선 중기의 문신으로, 성정이 자유롭고 분방하며 자연 유람을 즐기는 풍류남아로 이름을 날렸다. 특히 사대부의 신분으로 기녀 황진이의 무덤에 술을 올리며 시를 지었다가 파직된 일화가 유명한데, 기예를 사랑하는 그의 뜻과 호방한 성격을 잘 알 수 있는 일화이다.

그러나 기예를 향한 남다른 사랑과 호방한 성격만으로 풍류남아가 될 수는 없는 법이다. 풍류남아의 필요조건으로 시작(詩作) 능력이 있다. 시를 좋아할 뿐만 아니라 잘 지을 수도 있어야 한다는 것인데, 당연하게도 임제는 이 조건을 만족한다. 그가 남긴 시편들을 찬찬히 읽노라면, 시적 상황에 따른 은근한 비유와 탁월한 정서적 표현들이 읽는 이의 마음을 꿈틀꿈틀 움직인다. 충분히 풍류남아로 인정할 만하달까?

그중 하나가 바로 이 시조이다. 이 시조는 표면

적으로는 틀린 일기 예보 탓에 찬비를 맞아 얼어 죽게 생겼다는 의미로 읽히지만, 내밀하게는 '찬비'라는 뜻의 이름을 가진 기생 '한우(寒雨)'를 유혹하려는 의도를 가진다. 한우를 맞았으니 얼어 자야겠다는, 다분히 성(性)적인 목적을 내포한 시이다. 옛날에 '얼다'라는 동사가 '정을 통하다'라는 의미로 쓰였던 것을 생각하면(성인을 뜻하는 '어른'이라는 단어가 '얼운'에서 왔다고 한다), 단어들의 중의적 의미를 활용하여 넌지시 자신의 뜻을 비치는 임제의 솜씨가 예사롭지 않음을 알 수 있다.

그렇다면 답은 어땠을까? 명기로 이름났던 기생 한우가 임제의 뜻을 못 알아들었을 리 없다. 한우는 즉각 임제의 의도를 알아채고 이렇게 답했다고 한다.

어이 얼어 자리 무슨 일로 얼어 자리
원앙침 비취금을 어디 두고 얼어 자리
오늘은 찬비 만났으니 더욱 덥게 잘까 하노라
　　─ 한우

화답 시를 듣고 임제는 씩 웃었을 것이다. 목표 달성이다. 가만 보면 화답 시에서의 "얼어"는 중의적 의미 없이 '동(凍)'의 의미만으로 읽히는데, 종장의 "덥게"와의 대비를 위한 것으로 생각하면 될 듯하다. "원앙침 비취금(원앙을 수놓은 베개와 비취를 수놓은 이불)"에서 따뜻하게 스르르 녹아내리는 연인이 자연히 떠오르지 않는가. 읽는 이의 주변까지 덩달아 훈기가 돈다.

눈썹은 수나비 앉은 듯

작자 미상

눈썹은 수나비 앉은 듯 잇바디는 박씨 까 세운 듯
　　날 보고 당싯 웃는 양은 삼색 도화 미개봉이 하룻밤
빗기운에 반만 절로 핀 형상이로다
　　네 부모 너 삼겨 낼 적에 나만 괴라 삼기도다

잇바디 치열(齒列).
미개봉 아직 피지 않은.
삼겨 생겨. 태어나게.
괴라 사랑하라.

60

어여쁜 그대

여인을 향한 화자의 사랑은 참으로 아기자기해 보인다. 화자는 여인의 눈썹이며 치열이며 자세히 뜯어보고 알뜰히 예뻐한다. 가만히 있어도 예쁠 텐데 자신을 보고 방긋 웃기까지 하니, 복숭아꽃이 막 피기 시작하는 그 무렵의 화사함에 비기는 것이 전혀 아깝지 않다. 어디 눈썹과 치열뿐일까, 예쁜 모습을 묘사하고자 들면 시조의 삼 장이 부족하다. 그래서인지 같은 노래에서 가지를 뻗은 것으로 보이는 이본(異本)이 유독 많은 시조이기도 하다.

웃는 양은 눈매도 고우며 돌아서는 양은 뒤 허울이 더욱 좋다
앉거라 보자 서거라 보자 거닐거라 보자 온갖 교태를 다 하여라 보자 어어 내 사랑 삼고라지고
네 부모 너 길러 내올 제 나만 괴라 하였도다
  ─작자 미상

인용한 시조에서 추가된 점은 여인을 예뻐하고 감탄하는 것에서 그치지 않고 더 예쁜 모습을 보기 위해 화자가 여인에게 이런저런 교태스러운 행동을 주문한다는 점이다. 아마 저 시대에 사진기가 있었다면 화자는 전속 사진사를 자처하며 여인의 아름다움을 사진으로 남기는 데 여념이 없었을 것이 확실하다. 그야말로 여인에게 푹 빠진 화자다. 또 다른 시조에서 눈을 흘기는 모습마저 예쁘다고 하는 것을 보면 이 화자들은 모두 사랑에 빠져 한창 도파민 속에서 헤엄치는 중인가 보다.

이 일련의 시조들이 선보이는 화자의 행복과 충만은 종장에서 정점을 찍는다고 볼 수 있는데, 이렇게 아리따운 여인이 사랑하는 사람이 바로 화자라는 사실이 종장에서 은근하게 표현되기 때문이다. 눈썹이며 웃는 양이 아무리 예쁘다 해도 내 것이 아니면 무슨 소용일까. 내 것이어야 행복하지. 초장과 중장에서 감탄하고 얼러 놓은 이 미모의 여인이 내 여인이기에 화자의 만족감은 더없이 가득하다. 그렇게 기쁨이 넘쳐흐른 나머지 화자는 그만 부모님 이야기를 꺼내기에 이르렀으니…….

　논리적으로 황당하기 이를 데 없는 구조의 결론이다. 세상에 어느 부모가 아이를 낳으며 특정한 누군가를 사랑하라는 임무를 준단 말인가. 게다가 이렇게 예쁜 딸에게 왜 하필 화자를? 말도 안 되는 이야기이지만, 사랑에 도취한 두 사람 사이에는 말이 되는 이야기일 테다. 사랑의 행복을 만끽하며 어르고 노는 연인 사이에 안 될 말이 뭐가 있겠는가.

　터무니없긴 하지만, 그래서 실소하게 되는 덕분에 사람들에게는 깊은 인상을 남긴 종장이다. 초장과 중장에서 사랑스럽게 여인을 묘사한 구절들을 살펴보면, 종장의 인상적인 표현이 전혀 이해 가지 않는 바도 아니다. 하긴, 아이돌 그룹 방탄소년단(BTS)은 부모를 넘어 유전자 수준에서 사랑을 노래했지. 내 혈관 속 DNA가 말해 준다고. 태초의 DNA가 널 원한다고. 사랑은 이렇게 생각지도 못한 표현들을 생산해 내는 언어의 보고(寶庫)이다.

2부

뜨거운 태풍이 지나간 자리, 여름

청산은 내 뜻이오

황진이

청산(靑山)은 내 뜻이오 녹수(綠水)는 임의 정(情)이
녹수 흘러간들 청산이야 변할손가
녹수도 청산을 못 잊어 울어 예어 가는고

예어 가며.

청산이 품은 속마음

네가 변하더라도 나는 변하지 않겠다는 말만큼 연인 간에 신뢰를 주는 말이 있을까 싶다. 연인이 이런 말을 해 준다면, 걱정 없이 믿고 의지하며 사랑할 수 있을 듯하다. 게다가 황진이처럼 아름답고 기예가 뛰어난 이가 나의 연인이 되어 이렇게 말해 준다면, 변하고 싶어도 변할 수 없을 듯하다. 한 인간으로서도 멋있고 미더운 황진이의 약속이다.

화자는 자연물의 속성에 빗대어 자신의 사랑과 임의 사랑의 차이를 말한다. 청산은 항상 그 자리에 있는 불변의 아이콘이다. 반면 녹수는 흐름, 나아감을 표상하는 자연이다. 그러니까 자신의 사랑은 청산과 같이 변하지 않는 사랑이고, 임의 정은 녹수처럼 흘러가는 사랑이라는 인식이다. 항상 푸르고 굳건한 산과 그 앞으로 흐르고 또 흘러가는 강물의 모습이 떠오르며 마음이 조금 착잡해진다.

산은 옛 산이로되 물은 옛 물 아니로다

주야(晝夜)에 흐르거든 옛 물이 있을쏘냐

인걸(人傑)도 물과 같도다 가고 아니 오는도다

—황진이

산과 물을 향한 황진이의 인식이 드러나는 또 다른 시조이다. 인용한 시조의 중장을 읽으면 고대 그리스의 철학자 헤라클레이토스가 남긴 "같은 강물에 발을 두 번 담글 수 없다"라는 말이 생각난다. 만물의 보편적인 이치를 아우르는 말이지만 인용한 시에서와 같이 인간사를 두고 생각할 수도 있고, 연인 간 사랑의 흐름에도 적용할 수 있을 듯하다. 그러고 보면 물이 흘러가는 것은 자연의 이치이니 그것은 그것대로 받아들이는 황진이의 현명함이 인상적으로 다가온다.

그러나 자연의 이치는 이치이고, 인간의 정은 정이라 시조의 한 모퉁이에서 슬쩍 삐져나오는 속마음이 내게는 더욱 인상적이다. 인용한 시조에서 화자가 결국 하고 싶은 말이 종장에 나타난 것처럼 이 시조에서도 화자의 진정한 마음을 살펴보려면 종장

을 보아야 한다. 흘러가는 물일지라도 이별의 순간
에는 한껏 슬퍼하며 여울물 소리처럼 울어 주기를
바라는 마음이 시조의 마지막에 솔직하게 담겼다.
상대가 변해도 나는 변하지 않겠다는 중장의 선언도
멋있지만, 만약 헤어지게 되더라도 그 순간만큼은
임의 마음도 슬프기를 바라는 솔직한 마음이 진정으
로 인간적이다. 이 인간적인 모습에서 화자의 멋짐
은 배가 된다.

　이러나저러나 황진이는 멋있다. 굳건한 사랑을
다짐하는 황진이도, 복잡다단한 마음을 진솔하게 드
러내는 황진이도. 조선 최고의 명기가 되려면 이 정
도는 되어야 하나 보다.

사랑이 거짓말이

김상용

12일

사랑이 거짓말이 임 날 사랑 거짓말이
꿈에 와 뵌단 말이 그 더욱 거짓말이
나같이 잠 아니 오면 어느 꿈에 뵈리오

사랑의 격차

서로 뜻이 맞아 연인이 되었다 할지언정 불행히
도 사랑의 크기에는 차이가 있다. 둘 중 더 사랑하는
한쪽이 있다는 뜻이다. 미세한 차이여서 크게 의식
하지 않고 사랑하는 관계라면 별 문제가 없겠지만,
그 차이가 느껴질 만큼 커서 마음을 다치게 될 때가
문제이다. 대개 더 사랑하는 쪽은 서러움과 원망을,
덜 사랑하는 쪽은 부담을 가지게 된다. 사람 마음이
모두 같지 않기에 불가피하게 벌어지는 현상이 아닐
까 싶은데, 더 사랑하는 쪽이 더 크게 마음을 다치는
건 어느 경우에나 마찬가지인 듯하다.

줄리언 반스의 소설 《연애의 기억》 첫 장은 이
렇게 시작한다. "사랑을 더 하고 더 괴로워하겠는가,
아니면 사랑을 덜 하고 덜 괴로워하겠는가?" 질문을
던진 후 반스는 이 질문은 성립하지 않는다고 말한
다. 이 질문에는 선택의 여지가 없기 때문이다. 그리
고 덧붙인다. "얼마나 사랑할지, 제어가 가능한 사람

이 어디 있는가? 제어할 수 있다면 그건 사랑이 아니다." 마음의 크기를 선택하여 사랑하는 것은 불가능하므로 마음 가는 대로 사랑할 수밖에 없다는 뜻일 테다. 다만 첫 질문에 내포된 것처럼 사랑의 크기와 괴로움의 크기는 정비례할 것이라는 점도 기억해야겠다.

반스의 질문이 상대방의 사랑과 비교했을 때를 전제하는 것은 아니지만, 상대적이든 절대적이든 이 시조의 화자는 사랑을 더 하고 더 괴로워하는 쪽인 듯하다. 그립고 그리워 잠도 제대로 자지 못할 만큼 커다란 사랑이라면 삶의 대부분을 사랑이 지배하리라 추측할 수 있다. 그런데 상대방은 그런 것 같지 않다면? 자신을 사랑하는 듯한데, 자신의 사랑만큼 상대방의 사랑이 크게 느껴지지 않는다면 서운한 마음에 이런저런 생각을 하게 될 것이다. 화자는 "임 날 사랑 거짓말이"라고 생각하기에 이른다. 사랑한다는 임의 말이 거짓말로 생각될 만큼, 자신과 임의 사랑의 격차가 크게 느껴지는 모양이다.

객관적인 입장에서 보면, 임은 나름대로 최선을 다해 자신의 사랑을 표현하는 듯하다. 당신 꿈을 꿀

만큼 당신을 사랑한다고 했으니 그 정도면 많이 사랑하는 것 아닌가 싶고 말이다. 하지만 화자의 마음은 임의 마음을 뛰어넘는 경지에 있다. 사랑으로 인해 잠을 자지 못하니, 꿈을 꾸는 것은 어불성설 있을 수 없는 일이다. 꿈에 와 보인다는 임의 말은 오히려 사랑의 격차를 확인하는 셈이 되었다. 그렇다고 화자가 스스로 사랑의 크기를 줄이는 것은 가능할까? 반스에 따르면, 제어할 수 있는 사랑은 사랑이 아니라고 했다.

그렇다면 화자가 할 수 있는 일은 한 가지다. 그저 사랑하는 것. 사랑의 크기를 키우거나 줄이려고 노력할 필요 없이 마음 가는 대로 사랑하고 마음 주는 대로 사랑을 받으면 된다. 더 사랑한다고 서러울 것도 없다. 오히려 한껏 사랑을 누릴 수 있다. 사랑의 크기와 괴로움의 크기가 정비례하는 것과 같이, 사랑의 크기와 기쁨의 크기도 정비례한다는 것을 해 본 사람들은 다 잘 알 테니까.

정읍사(井邑詞)

작자 미상(어느 행상인의 아내)

달아 높이 높이 돋으시어

어긔야 멀리 멀리 비추시라

어긔야 어강됴리

아으 다롱디리

시장에 가 계신가요

어긔야 진 데를 디딜세라

어긔야 어강됴리

어느 것이나 다 놓으시어요

어긔야 내 가는 데 저물세라

어긔야 어강됴리

아으 다롱디리

달님 앞에 비나이다

언제부터인지 정확히 기억나지 않지만 달을 보며 소원을 비는 나의 의식은 어린 시절부터 시작되었다. 어린 시절 달을 보며 소원을 빌었던 기억으로 나의 아이에게도 달님을 향해 소원 빌기를 가르친 적이 있다. 소원의 내용이야 항상 비슷하지만, 때마다 또 빌어야 할 듯한 경외의 마음 때문에 30년 넘게 이어지는 나의 의식이다.

그런데 달을 보며 마음을 가다듬고 바라는 바를 읊는 일은 사실 나만의 의식이 아니다. 문화마다 조금씩 차이가 있지만 달을 초월적 존재로 인식하고 신성하게 여기는 모습은 여러 문화권에서 나타난다. 달의 신이 등장하는 유럽계 신화들을 비롯해, 동아시아 전역에서 구전되는 달을 소재로 한 수많은 설화와 전설이 있다. 이 이야기들이 품는 신성한 관념은 지금도 곳곳에서 달맞이 의식으로 발현된다.

초월적 존재로서의 달은 그냥 달이 아니라 '달

님'이다. 이 노래의 원문에서는 '달하'라고 높임의 호격 조사 '하'를 써서 달의 존재를 한껏 높여 부른다. 이렇게 달님을 높여 부르는 이유가 무엇일까? 그건 바로 사랑하는 남편의 무사 귀환을 기원하기 위해서다. 배경 설화에 따르면, 이 노래는 행상을 나가 늦도록 오지 않는 남편을 걱정하며 아내가 부르는 노래였다고 하니 그 아내로서는 남편을 보살펴 주실 달님을 높여 부를 수밖에 없었을 것이다.

타지로 나가 떠돌며 장사를 하는 남편을 향한 아내의 걱정은 남편이 무사히 일을 마치고 집에 귀가할 때까지 지속되는 것이다. 더군다나 날까지 어두워지면 걱정은 점점 커질 터이다. 어둠 속에서 남편이 무사 귀환하기 위해서는 환한 달빛이 필요하다. 높이높이 돋아 멀리까지 빛을 비추어 달라고 소원하는 아내의 마음을 생각해 보면 그 달이 밝디밝은 보름달이기를 나도 함께 기원하게 된다. 이것은 돌에게도, 나무에게도 빌 수 없고 오직 달에게만 빌 수 있는 소원이다.

아내의 소원인 '무사 귀환'은 곧 "진 데"를 디디지 않는 것이다. "진 데"는 진창에 빠지는 것, 범죄에의 노출, 사창가 출입 등 다양하지만 결국 내 남편에게 해가 되는 모든 사건을 뜻한다. 어두운 곳에서 질척이는 "진 데"를 밟고 집에 돌아오지 못할까봐 불안한 마음이 투영된 것이다. 이 불안은 다름 아닌 사랑의 또 다른 이름이다. 그가 해를 입을까, 다칠까, 없어질까 불안한 것은 그가 나에게 너무나도 소중한 존재이기 때문이다.

어릴 적 아빠가 늦는 날이면 엄마는 초인종 소리가 들릴 때까지 걱정하곤 했다. 아빠도 어른인데, 다 큰 어른을 걱정하는 엄마를 어렸던 그때는 이해하지 못했다. 그랬던 나는 남편이 늦는 날 이런저런 걱정에 잠을 이루지 못한다. 세상에 도사린 온갖 위험과 그것의 난데없음을 아는 어른이 되었기 때문이다. 수천 년 전 백제 여인이 남편을 걱정하는 마음은 대를 이어 우리 엄마에게, 그리고 지금 나에게까지 이어졌다. 달도 여전히 같은 하늘에서, 천하의 창생을 비춘다.

마음이 지척이면

작자 미상

마음이 지척이면 천 리라도 지척이오

마음이 천 리오면 지척도 천 리로다

우리는 각재(各在) 천 리오나 지척인가 하노라

마음의 거리

　　중국의 시문집 《문선(文選)》에 실린 한 시편에는 "가는 사람은 날로 멀어지고, 오는 사람은 날로 친해진다"라는 구절이 있다. 이는 우리가 흔히 이야기하는 "몸이 멀어지면 마음이 멀어진다"라는 말과 상통한다. 영미권 속담에도 "Out of sight, out of mind"라는 말이 있는 걸 보면 사람 사는 인생사가 다 그런가 보다 싶다.

　　하지만 정말 그럴까? 몸이 멀어지면 마음이 멀어진다니, 너무 각박한 명제 아닌가. 살다 보면 사랑하는 이와 물리적으로 멀어질 일은 생기기 마련인데, 그렇다고 마음까지 옅어진다고 단정하자니 가슴 속의 무언가가 명제를 받아들이지 못하고 나름의 저항을 한다. 이 시조를 쓴 시인도 같은 생각이었나 보다. 중요한 것은 마음의 거리라고, 마음만 굳건하다면 각자 멀리 있어도 바로 곁에 있는 것처럼 사랑할 수 있다고 "지척"과 "천 리"를 대비하며 힘껏 항변한다.

사랑을 다룬 문학 작품들 안에는 이 항변을 도와줄 인물이 많은데, 대표적인 인물들이 김시습의 한문 소설 〈이생규장전〉 속 이생과 최랑이다. 이들은 각각 과거를 준비하는 학생과 귀족 집안의 규수로서, 자유연애가 금지된 봉건적 사회 분위기하에 부모의 반대를 극복하고 어렵게 사랑을 이루어 낸다. 그러나 갑자기 발발한 홍건적의 난으로 최랑이 죽으며 무엇도 갈라놓을 수 없을 것 같던 둘은 어쩔 수 없이 이별하게 된다.

거리로 치자면 천 리 길보다 훨씬 먼 삶과 죽음의 거리이다. 그러나 이생과 최랑의 사랑은 굳건하고도 깊어 생사의 거리를 뛰어넘는다. 저승의 최랑은 환신(幻身)이 되어 이승의 이생에게 찾아오고, 정해진 시간이 지나 최랑이 완전히 저승으로 건너간 후에도 이생은 최랑을 그리며 살다가 세상을 떠난다. 이들을 두고 어떻게 "각재(各在) 천 리"라고 마음도 천 리라 할 수 있을까? 오히려 멀리 있어 깊은 그리움으로 사랑이 더욱 두터워지는 것은 아닐지 모르겠다.

이생과 최랑의 사랑이 보여 준 것처럼, 결국 문

제는 물리적 거리가 아니라 마음의 거리이다. 물리적으로 멀고 가까움이 문제가 아니라 마음을 꾸준하게 유지할 수 있는지가 문제의 본질인 것이다. 서로를 향한 이생과 최랑의 마음은 죽음이라는 거대한 시련 앞에서도 한결같고 여전했기에, 최랑은 생사의 거리를 넘어 저승에서 이승까지 건너올 수 있었다. 그야말로 천 리가 지척이 되는 마법이다.

사랑하는 이와 몸이 멀어지는 일은 언제나 생길 수 있다. 직장이나 학업 혹은 여러 가지 사정으로 바다를 건너야 하는 일도 종종 있다. 그럴 때면 내 안에서 슬그머니 걱정이 고개를 내민다. 세간의 말들이 내게도 적용되면 어쩌나 하고. 멀리 있어 자주 못 보는 탓에 존재를 잊으면 어쩌나 하고. 하지만 우리가 아는 사실은, 사랑하는 사람들 사이에서는 마법이 일어난다는 것이다. 그러니까 거리는 근심할 필요가 없다. 근심할 것은 마음이다. 떨어진 거리만큼 마음이 멀어지지 않도록, 그저 꾸준히 그리워하고 열심히 돌보며 알뜰히 사랑하면 되는 것이다. 그런 연후라면 어느새 사랑하는 이와의 거리는 지척으로 가까이 다가와 있을 것이다.

모시를 이리저리 삼아

작자 미상

모시를 이리저리 삼아 두루 삼아 감삼다가

가다가 한가운데 뚝 끊어지옵거든 호치단순(皓齒丹

脣)으로 흠빨며 감빨아 섬섬옥수(纖纖玉手)로 두 끝 마주

잡아 비벼 이으리라 저 모시를

우리 임 사랑 그쳐 갈 제 저 모시같이 이으리라

감삼다가 손들여 잘 삼다가.
호치단순(皓齒丹脣) 하얀 이와 붉은 입술. 미인을 일컫는 말.
흠빨며 감빨아 입에 물고 탐스럽게 빨아.

83

홈빨며 감빨아 잇는 사랑

　사랑이 그칠 때가 있다. 흔히 권태기라고도 부르는 시기이다. 처음 만났을 때의 설렘과 한창때의 열정은 조금씩 가라앉고, 오래되어 단조롭고 지루한 연애를 이어 가는 시기가 찾아오는 것이다. 이 시기가 되면 한때 좋아 보였던 상대의 장점도 단점으로 보이게 된다. 쌓이는 불만과 서운함은 가시가 되어 서로에게 상처를 주고, 만남은 어느새 의무가 되어 부담으로 느껴진다. 그러다 어느 한쪽이 그만하자고 말하는 순간 인연은 뚝 끊어진다. 이 과정은 서서히, 시나브로 이어지는 과정이기에 시조 속 "우리 임 사랑 그쳐 갈"이라는 표현처럼 사랑이 그쳐 간다고 말하는 데 깊이 공감한다.

　화자는 사랑을 아는 사람이다. 사랑의 설렘과 흥분도 알지만 사그라짐과 끝도 잘 아는 사람이다. 사랑을 아는 사람이기에 화자는 사랑의 한가운데에 있으면서도 사랑이 그쳐 갈 때를 생각한다. 두 마음이 영원하지 않다는 것을, 언젠가 마음이 시들고 가늘어지는 때가 온다는 것을 상기하면서. 현재의 사랑이 미래의 사랑과 꼭 같지 않다는 것을 기억하면서 말이다.

　재미있는 것은 이런 화자의 생각들이 모시를 삼는 와중에 떠오른 생각들이라는 점이다. 시조의 초장을 보면 화자가 지금 모시 삼는 노동을 하는 중이라는 것을 알 수 있는데, 이 모시 삼기라는 것이 아주 섬세한 작업이다. 모시 줄기의 속껍질을 가늘게 벗겨 모시 올로 만들고, 이 모시 올들의 끝과 끝을 연결하여 마침내 긴 실로 만드는 작업이니 숙련된 기술과 다져진 솜씨가 필요하다. 오랜 기간 연마했을 이 솜씨로 모시 올들을 비비면서, 화자는 그쳐 가는 사랑을 다시 이어 갈 때에도 이런 솜씨와 노력이 필요함을 생각했을 것이다. 영원한 사랑은 거저 얻을 수 있는 것이 아니다.

　모시 삼기를 사랑의 지속으로 비유한 시조의 발상도 탁월하지만, 이 시조의 백미는 단연 중장이 아닌가 싶다. 모시 올을 이어 나가다 가운데가 뚝 끊어졌을 때, 다시 올을 연결하여 길게 길게 이어 나가는 방법이 생생하고도 자세하게 묘사된다. 붉은 입술과 하얀 이로 모시 올을 물고 탐스럽고 감칠맛 나게 쪽쪽 빨아서, 가늘고 고운 손으로 두 끝을 마주 잡아 말아 주는 화자의 솜씨가 눈앞에서 펼쳐진다. 이처럼 세밀하고 꼼꼼한 묘사가 화자의 일상과 사랑을 향한 의지를 생기 있게 보여 준다.

사랑을 모시 삼는 솜씨처럼 부릴 것 같으면, 사랑이 그쳐 갈 때도 걱정 없겠다. 그쳐 가는 사랑일지라도 다시 끝을 맞대어 "홈빨며 감빨아" 다음을 이을 수 있으면 얼마나 좋을까.

꿈으로 차사를 삼아

이정보

꿈으로 차사를 삼아 먼 데 임 오게 하면
비록 천 리라도 순식(瞬息)에 오련마는
그 임도 임 둔 임이니 올동말동 하여라

차사 중요한 임무를 위하여 파견하는 임시적의 사신.
순식(瞬息) 순식간.

문학이 되는 사랑

"임 둔 임"이라는 구절이 참 슬프게 느껴진다. 앞뒤 맥락 없이 쓰인다면 무슨 말인가 하겠지만, 풀어 쓰자면 '다른 사람을 사랑하는 나의 임'이라는 뜻이다. 내가 사랑하는 사람이 내가 아닌 다른 사람을 임으로 두고 사랑한다는 뜻이다. 이 슬픈 상황이 단 세 글자로, 그것도 모두 순우리말로 정리되다니 놀랍다. 풀어 쓰는 것보다 훨씬 문학적으로 다가온다. 여기서 문학적이라 함은 어렴풋하면서도 명료하고 아련하면서도 단호한 느낌으로, 나로 하여금 이 구절을 계속 곱씹게 만든다는 뜻이다.

이 구절이 그리 슬프게 느껴지는 것은 처음 '임' 과 나중 '임'의 의미가 다르다는 것과, 결정적으로 처음 '임'이 화자가 아니라는 데서 비롯한다. '임'이라는 단어가 사전적 의미로 '사모하는 사람'을 뜻하는 것은 처음 '임'이나 나중 '임'이나 똑같다만, 지칭하는 실체적 의미는 명백히 다르다. 화자가 사모하는 사람은 나중 '임'이며, 처음 '임'은 나중 '임'이 사모하는 사람이다. 그리고 처음 '임'은 화자가 아니다. 이 구절 속에 등장하지 않는 화자까지 포함하여 세 사람이 관여된 상황이다. 사랑은 둘이 하는 것이라는 일반적인 관념을 생각해 보면 등장인물이 셋인 데서 이미 이 상황은 비극이며, 비극의 주인공은 화자일 수밖에 없다.

그래서일까? "임 둔 임"이라는 구절에 희미하게 포기와 체념의 정서가 배었다. 단순히 자신을 사랑하지 않는 임이라면 한번 용감하게 사랑을 쟁취해 볼 법도 한데, 마음속에 다른 사람을 품는 임이라니 이를 어쩌란 말인가. 만약 그들이 서로 사랑하는 사이라면, 나아가 미래를 약속했거나 이미 결혼한 관계에 있는 것이라면 더더욱 화자의 용기는 의미 없는 일이 되고 만다. 남은 것은 화자의 마음 정리이려나. 하지만 그렇게 쉽게 거둘 수 있는 마음이면 애초에 생기지도 않았을 것이다. 괴롭기만 한 화자의 마음이 여기까지 느껴진다.

이토록 괴로운 마음을 가눌 수 없어 힘겨워하는 이들을 끌어안는 것이 바로 문학이다. 약혼자가 있는 여인 로테를 사랑하여 죽음에 이르는 베르테르의 이야기가 있는가 하면, 사랑하는 여인이 친구의 아내가 되는 것을 바라보아야만 했던 이야기가 담긴 백석의 시들이 있다. 유부남을 사랑한 기록을 담은 아니 에르노의 저서 《단순한 열정》은 사랑에 몰입하는 서술자의 충실함에 압도되어 몇 번이나 반복하여 읽은 소설이다. 각각의 세밀한 사정은 조금씩 다르지만, "임 둔 임"을 사랑하는 괴로움만큼은 오롯이 마음으로 전달된다.

가난이 위대한 예술의 원천이 된다는 말이 있다. 이루어질 수 없는 사랑이 문학의 양분이 되는 것은 분명해 보인다. 내가 사랑하는 사람이 나 아닌 다른 사람을 사랑하는 상황을 "임 둔 임"이라는 구절로 표현하는 것은 문학이 아니고 무엇일까.

견흥(遣興)

허난설헌

내게 아름다운 비단 한 필이 있어
먼지를 털어 내면 맑은 윤이 났었죠.
봉황새 한 쌍이 마주 보게 수놓여 있어
반짝이는 그 무늬가 정말 눈부셨지요.
여러 해 장롱 속에 간직하다가
오늘 아침 임에게 정표로 드립니다.
임의 바지 짓는 거야 아깝지 않지만
다른 여인 치맛감으론 주지 마세요.   〈제3수〉

보배스러운 순금으로
반달 모양 노리개를 만들었지요.
시집올 때 시부모님이 주신 거라서
다홍 비단 치마에 차고 다녔죠.
오늘 길 떠나시는 임에게 드리오니
서방님 정표로 차고 다니세요.
길가에 버리셔도 아깝지는 않지만
새 여인 허리띠에만은 달아 주지 마세요.   〈제4수〉

정표에 담긴 의미

오직 한 사람에게만 마음을 주고 지조를 지키는 일은 얼마나 숭고한가? 옛 왕조를 잊지 않겠노라 다짐하는 고려 신하들의 시, 폐위된 단종을 향한 일편단심을 보여 주는 사육신과 생육신의 시, 지아비에게 절개를 지키는 여인들의 시 등에서 그 숭고함은 빛을 발한다. 그들의 신의와 절개는 깊고도 단단하여 세상 사람에게 감동을 준다. 의도가 있었든 없었든 교훈적인 효과도 있음은 물론이다.

그런데 눈여겨볼 것은 이러한 시들의 화자가 대부분 신하나 여인이라는 점이다. 임금과 신하, 남편과 아내의 관계에서 지조를 지켜야 하는 의무를 가진 쪽은 신하와 아내이기 때문이다. 임금은 신하를 잘 다스려야 할 의무가 있을지언정 눈 밖에 난 신하까지 거둘 이유가 없다. 남편도 아내를 본처로서 대우하되 상황에 따라 첩을 두거나 기생과 노는 것이 가능했다. 그러니 임금과 남편이 지조를 지키겠다고 다짐하거나 상대를 향한 굳은 절개를 보여 주는 일은 시대적으로 부자연스러운 일이자 고전 시가에서는 드문 일이다.

부자연스럽지만 당연한 일을 아내가 남편에게 요구한다는 점에서 이 시는 흥미롭다. 화자는 부드럽지만 단호한 태도로, 길 떠나는 남편에게 자신이 주는 정표를 다른 여인에게 절대 주지 말 것을 당부한다. 정표가 얼마나 귀중한 물건인지를 구구절절 읊으며 각 수를 시작하고, 특히 4수에 나오는 노리개는 시부모님이 주신 것이라는 의미까지 부여하며 정표가 다른 여인의 손에 쥐어지는 일을 막고자 한다. 그럴 바에야 차라리 길거리에 버리는 게 낫다는 대목은 무한한 공감을 이끌어 내며 읽는 이를 쿡, 웃게 한다. 그러다 이 시를 쓴 시인이 남편의 외도로 한평생 마음 고생했던 허난설헌이라는 점을 상기하면 저 당부가 괜히 나온 당부가 아니구나 싶어 한숨이 절로 나온다.

임의 외도를 걱정하는 마음은 다른 시대 다른 작품들에도 잘 표현되었다. 지조를 지키지 않는 임을 염려하고 경계하는 화자가 있는 한편, 원망과 비아냥을 표현하는 화자들도 있다. 모두 있을 법한 마음이다. 어떻게 표현하느냐가 다를 뿐이다.

> 대동강 아즐가 / 대동강 건너편 꽃을 /
> 위 두어렁성 두어렁성 다링디리 //
> 배 타 들면 아즐가 / 배 타 들면 꺾으리이다 나난 /
> 위 두어렁성 두어렁성 다링디리 //
> ─작자 미상, 〈서경별곡(西京別曲)〉 중

> 오리야 오리야 / 아런 비오리야 /
> 여울일랑 어디 두고 / 못(沼)에 자러 오느냐 /
> 못이 얼면 여울도 좋거니 여울도 좋거니 //
> ─작자 미상, 〈만전춘별사(滿殿春別詞)〉 중

배 타고 강만 건너면 좋다구나 건너편 꽃을 꺾을 듯한 신의 없는 임. 여울이 얼면 못에, 못이 얼면 여울에 자러 다닐 듯한 바람둥이 임. 이 임들을 염려하고 원망하고 비아냥대느라 여인들의 마음은 편할 날 없다. 이 마음고생을 시와 노래로 하소연하는 일만이 여인들에게는 유일한 위로가 되지 않았을까나.

사랑을 찬찬 얽동혀

작자 미상

사랑을 찬찬 얽동혀 뒤 걸머지고

태산준령(泰山峻嶺)으로 허위허위 넘어갈 제 그 모르

는 벗님네는 그만하야 버리고 가라 하건마는

가다가 자질려 죽더라도 나는 아니 버리리라

얽동혀 얽고 동여.
뒤 걸머지고 등 뒤에 짊어지고.

95

가파르고 험해도

무슨 사연일까? 어떤 사랑이기에 이렇게 단호하게 결심해야 하는 사랑인 걸까? 무섭고 험한 사랑이라는 것을 주변도 본인도 안다. 주변에선 말리고, 본인은 끝까지 지속하겠다고 다짐한다는 점이 다를 뿐이다. 명확히 어떤 사랑인지 밝히지 않으니 더 궁금하다. 그래서 요리 조리 추측해 보는 재미가 있다.

갖가지 보고 들은 경험과 이야기를 떠올리며 상황을 추측해 보았지만, 어차피 이 상상에 정해진 답은 없다. 세상에는 수많은 형태의 사랑이 있고, 하나의 사랑조차 '어떠한 사랑'이라고 한 줄로 정의하기 어렵다. 다만 "가다가 자질려 죽더라도"라고 표현할 만한 사랑이라니 사회의 인정을 받기 어려운 조건에 있는 사랑이거나, 사랑을 지속하는 데 아주 많은 희생과 고난이 요구되는 사랑임에는 분명해 보인다.

포기할 법도 한데, 모든 시련을 감수하고 사랑을 사수하는 이들이 문학 작품에 꼭 있다. 대표적으로 셰익스피어의 희곡 《로미오와 줄리엣》의 두 주인공은 원수 집안의 자식을 사랑하여 약을 삼켰고, 톨스토이의 소설 《안나 카레니나》의 안나는 멀쩡한 가정을 버리고 불나방처럼 사랑에 뛰어들었다. 불타오른다고 해서 반드시 단기간의 불꽃을 의미하는 것만도 아니다. 마르케스의 소설 《콜레라 시대의 사랑》의 플로렌티노는 페르미나를 얻기 위해 50년을 넘게 기다렸다. 황석영의 소설 《오래된 정원》의 연인들은 민주화 운동으로 인한 수감으로, 이안 감독의 영화 〈브로크백 마운틴〉의 연인들은 동성이라는 이유로 기약 없는 시간을 견뎌야 했다. 제각각의 시공간에서 각자 다른 상황과 형태를 보여 주며 "태산준령으로 허위허위 넘어"가는 사랑들이다.

작자 미상의 고전 소설인 《운영전》의 운영과 김 진사도 마찬가지다. 운영은 세종의 셋째 아들인 안평대군의 궁녀이므로 대군 외의 다른 남성을 만나면 안 되는 여인이다. 대군의 궁녀인 데다 대군의 마음이 운영에게 간 상황인데도, 운영은 대군의 마음을 받아들이지 않고 대군의 글벗인 김 진사와 사랑에 빠진다. 그렇게 두 사람은 사랑이 깊어지면서 대군의 궁궐인 수성궁에서 도망칠 계획을 세우기에 이른다. 이 위험한 연인을 곁에서 바라보는 자란을 비롯한 궁녀 친구들의 염려와 응원과 비난도 작품을 읽어 나가는 곁가지의 재미이다. 벗들의 다양한 반응을 겪으며 운영은 마음속으로 조용히 이 시조를 읊었을 듯하다.

대군의 여인이 되어 편하게 살지, 수성궁의 궁녀가 되어 운영에게 말해 본다. 힘든 길 가지 말고 남들 하는 사랑처럼 인정받고 이해받는 사랑하며 살지, "모르는 벗님네"가 되어 화자에게 전해 본다. 모르긴 해도 화자를 걱정하는 벗님네의 마음도 진심이었을 것이다. 앞서 언급한 작품들의 결말을 아는 나도 안타까운 마음이 든다.

그러나 화자는 귓등으로도 듣지 않을 듯하다. 화자의 사랑은 단단하고도 굳건하게 모든 시련을 받아 낼 준비가 되었으니까. 사랑을 얽어 동여 매고 등이며 어깨에 잔뜩 짊어지고서 절대로 버리지 않으리라 스스로에게 다짐했으니까. 그러고 보니 이미 큰 산과 험준한 고개로 넘어가는 중이다. 남은 시련이 없지 않겠지만 이렇게 굳센 화자라면 이겨 낼 수 있

지 않을까. 왠지 내가 아는 결말과 다른 결말이 기다
릴 듯한 예감이다.

상공을 뵈온 후에

소백주

상공(相公)을 뵈온 후에 사사(事事)를 믿사오매

졸직(拙直)한 마음에 병(病)들까 염려이러니

이리마 저리차 하시니 백년동포(百年同抱) 할 것입니
다

사사(事事) 이 일 저 일. 모든 일.
졸직(拙直)**한** 고지식하고 주변이 없는.
백년동포(百年同抱) 백 년 동안 껴안음.

재치 있는 사랑의 마당

　평소 장기에 일가견이 있는 사람이라면 시 곳곳에 숨은 장기 말들의 이름이 눈에 보였을 것이다. 장기를 잘 모르는 사람이라도 알고 나면 보일 것이다. 어디선가 한번씩 들어보았던 졸, 병, 차, 포 등의 이름들이.

　이 시조는 장기 말의 이름들을 가지고 벌이는 언어유희의 마당이다. 장기 말의 이름들과 이 시조에 쓰인 단어들의 훈(訓)은 다르지만, 음(音)이 같아 차용될 수 있었다. 시조의 단어들 중 장기 말의 이름을 차용한 부분은 다음과 같다. '상공(相公)'-상(象), '사사(事事)'-사(士), '졸직(拙直)'-졸(卒), '병(病)'-병(兵), '이리마'-마(馬), '저리차'-차(車), '백년동포(百年同抱)'-포(包). 장기 말의 이름들을 넣어 시를 완성한 것도 대단하지만, 장기 말의 이름을 생각하지 않고도 시를 이해하는 것이 가능하다는 점이 더욱 탁월한 점이다. 해석해 보면 '상공을 보게 된 후 사랑하게 되어 고지식한 마음에 병에 들까 염려하였는데, 이리저리 예뻐해 주시니 백년해로하겠습니다' 정도로 이해할 수 있겠다.

이 시조를 지은 소백주는 평양 출신의 기생으로, 행적이 자세히 알려지지 않았지만 똑똑하고 재치 넘치는 예인이었던 듯하다. 손님과 장기를 두던 평안도 관찰사 박엽의 즉흥적인 시작 요구에 이처럼 재기발랄한 작품을 내놓았으니 말이다. 박엽은 소백주에게 장기 말의 이름을 넣어 시를 지으라 명하였는데, 소백주는 조건을 만족할 뿐만 아니라 관찰사를 향한 사랑까지 표현하는 데 성공한다. 이후 둘의 관계를 알 수 있는 일화가 전해지지는 않지만, 이 시조를 들은 박엽의 마음도 소백주에게로 움직였지 않았을까 싶다.

이 외에도 언어유희를 통한 사랑의 표현은 어렵지 않게 찾아볼 수 있다. 가장 먼저 떠오르는 것은 변학도의 수청을 거부한 춘향이 칼 쓰고 곤장 맞으며 부르는 절개의 노래이다. 곤장을 한 대 두 대 치다 스물다섯 대에 이르러 유혈 속에 춘향이 기절하기까지, 하나 둘 셋 숫자에 맞추어 절개를 노래하는

〈열녀춘향수절가〉의 언어유희는 대표적인 사랑의 표현이다. "일편단심 굳은 마음 일부종사 뜻이오니 일개 형벌 치옵신들 일 년이 다 못 가서 잠시라도 변하리까?", "두 지아비 못 섬기는 이내 마음이 매 맞고 영영 죽어도 이 도령은 못 잊겠소"와 같이 숫자로 시작하는 단어들이 모두 절개에의 다짐으로 이어지는 언어의 한마당이다. 진득한 사랑의 깊이가 번뜩이는 기지로 나타나는 순간이다.

사랑의 표현이든 절개의 다짐이든 모두 말로 하는 것이니, 말을 운용하는 것은 사랑에 빠진 이의 기본 능력이다. 때로 재치 있는 한 마디 말과 위트 넘치는 한 줄 글이 사랑하는 이의 마음을 움직이는 데 중요한 힘이 될 수 있다.

사랑이 어떻더니

이명한

사랑이 어떻더니 둥글더냐 모났더냐
길더냐 짧더냐 발일넌냐 자힐너냐
각별히 긴 줄은 모르되 끝 간 데를 몰라라

발일넌냐 발로 밟아 잴 수 있겠더냐.
자힐너냐 자로 잴 수 있겠더냐.

사랑을 해 보니

이 시조를 읽고 한참을 가만히 있었다. 도무지 머릿속이 정리되지 않는 까닭이었다. 사랑이 어떠하냐니. 이 질문에 쉽게 답할 수 있는 이가 있을까? 내가 경험하고 보고 듣고 상상한 사랑들이 한순간에 소환되어 호명을 기다리는데, 나는 그 어떤 것의 이름도 부르지 못한다. 그것이 사랑이 아닌가 하면 그건 아니다. 머뭇거리는 이유는 그것만이 사랑이 아니기 때문이다. 게다가 세상에는 내가 모르는 사랑도 한가득 있을 것인데.

직접적으로 사랑을 묻는 질문을 정면으로 마주한 탓에 망연해졌지만, 차근히 생각해 보니 실마리가 보였다. 먼저 헷갈리지 말아야 할 것은 질문이 사랑이 '무엇이냐'가 아니라는 점이다. 사랑이 '어떻더냐'라고 물었다. 다시 말해 사랑을 '해 보니까 어떠했니'라는 의미인데, 이는 사랑을 경험한 자의 마음을 묻는 질문이다. 사랑의 정의를 묻는 것이 아니라 사랑의 성격이 어떠한지 묻는 것이다. 너의 사랑도 나의 사랑도 다 사랑일진대 무엇이 사랑이고 아닌지는 중요하지 않다. 중요한 것은 사랑이 가져오는 감정과 그 감정의 깊이다.

이 실마리를 찾아 다시 시조를 읽어 보니 시인은 사랑의 모양을 묻는 초장에서부터 이미 자신의 답을 내놓은 듯하다. 사랑은 둥글기도 하고 모나기도 한 여러 모습을 가졌다고 말이다. 사랑을 하면 안온하고 즐거운 기쁨을 누리기도 하지만 날카로운 칼에 찔려 괴로울 때도 있다. 사랑하는 이는 사랑의 안온함을 위해 다른 것을 포기하기도 하고, 다른 것에 열중하기도 한다. 상대를 찌르고 곧 후회하는 한편 기꺼이 상대에게 찔리기도 한다. 사랑에 잇따르는 각종 감정들의 복잡하고도 다양하며 모순적인 모양새가 "둥글더냐"와 "모났더냐"라는 두 질문에 모두 담긴 것이 아닐까? 둥글고도 모난 모습의 사랑이라면 나도 섭섭지 않게 해 본 바, 시인의 두 질문에 모두 고개를 끄덕일 수 있다. 아마 다른 이들도 그럴 것이다.

사랑의 길이를 묻는 중장의 질문을 던지면서

도 시인은 답을 준비해 놓은 듯하다. 초장의 질문들과 다른 점은 이어지는 질문들이 점점 '길다'라는 답으로 수렴되는 구조인 점이다. 사랑을 두고 "길더냐 짧더냐"라고 물어 놓고, 대답하기도 전에 꼬리 질문을 던지는 느낌이다. 한 발 두 발 발로 잴 수 있겠느냐고, 그럼 자를 사용하면 잴 수 있겠느냐고 말이다. 결국 내가 마음속으로 '길디깁니다'라고 말할 즈음에 시인은 "각별히 긴 줄은 모르되 끝 간 데를 몰라라"라고 하며 사랑의 길이가 지극히 길다는 인식을 은근히 드러낸다. 여기서 '길이'는 '깊이'로 바꾸어 읽어도 무방하다.

　"사랑이 어떻더니"로 시작한 시인의 첫 질문과 달리, 이어지는 질문들은 '예'와 '아니오'로 대답할 수 있는 판정 의문문들이어서 문답 자체만 놓고 보면 단순하게 느껴진다. 그러나 '예'와 '아니오'를 반복하며 시조의 종장에 다다르기까지, 내가 경험하고 보고 듣고 상상한 여러 사랑은 첫 질문을 마주했을 때와 다름없이 곳곳에서 소환되었다. 결국 다시 돌아 마주하게 되는 시인의 첫 질문이다. "사랑이 어떻더니". 어느새 시인에게 설득된 나는 고개를 끄덕이며 말할 수밖에 없다. 이러하기도 저러하기도 했습니다. 다만 그 깊이가 가없이 깊더이다, 라고.

3부

어긋나고 흩어지는 마음, 가을

임 이별 하올 적에

안민영

임 이별 하올 적에 저는 나귀 한치 마소
가노라 돌아설 제 저는 걸음 아니런들
꽃 아래 눈물 적신 얼굴을 어찌 자세히 보리오

떠나는 이에게 건네는 위로

플랫폼 전광판에 '5분 지연 출발'이라는 안내가 뜬다. 기차역에서 연인을 보내야 하는 이에게는 세상에서 가장 소중한 5분일 터이다. 평소 같았더라면 늦어지는 일정에 짜증이 날 법하건만, 이별의 장면에서는 기차의 지연이 이렇게 고마울 수가 없다. 짧다면 짧은 5분 동안, 연인은 한 번 더 손을 잡고 서로의 머리칼을 쓰다듬는다.

200년 전 평양에서도 비슷한 일이 있었다. 시조를 쓴 안민영은 혜란이라는 기녀와 애틋한 정을 나누다가 모든 인연이 그렇듯 이별을 맞는다. 슬픔을 이기지 못한 시인은 이 시조를 지으며, 그때의 소회를 풀어 놓았다. 일부를 옮겨 보자면 다음과 같다.

(전략) 혜란이와 더불어 칠 개월을 서로 따르며 정의를 가까이 나누었는데, 그 작별할 때에 이르자 혜란이가 긴 숲 북편에서 나를 전송해 주었다. 가고 머무

는 슬픔을 정말 스스로 억제하기 어려울 따름이었다.

— 안민영 저, 김신중 역, 《역주 금옥총부 주옹만영》, 박이정, 2003.

　　스스로 억제하기 어려운 슬픔에 빠진 상태지만, 때는 야속하게도 당도하였다. 차마 떨어지지 않는 발을 들어 나귀에 올라타고 이제 정말 뒤돌아 떠나야 할 때, 나귀는 절뚝절뚝 다리를 전다. 바쁜 걸음을 내달으며 헤어짐을 재촉하지 않고 느릿느릿 다리를 절며 천천히 걷는 나귀 덕분에 시인은 꽃 아래에서 눈물을 흘리는 연인의 얼굴을 조금이라도 더 볼 수 있었다. 시조의 초장에서 나귀를 원망하지 말라고 한 이유가 여기에 있다.

　　다리를 저는 나귀 덕에 얻은 그 짧은 시간을 허투루 쓰지 않고, 나귀 위에 앉은 시인은 이별하는 연인의 얼굴을 자세히 살펴본다. 눈물이 얼룩져 부옇게 번진 얼굴일지라도 멀어지는 모습을 끝까지 두 눈에 담고 싶다. 깊고 그윽한 눈, 작지만 오똑한 코, 발갛게 붉은 두 뺨과 사랑을 속삭이던 입술은 이제껏 예사로 보던 얼굴이련만 이제 더는 볼 수 없다. 어디 얼굴뿐이랴. 연인의 눈, 코, 입은 함께한 날들의 하루하루일지도 모른다. 지금이 마지막이라는 것, 다시 볼 수 없다는 것을 잘 알기에 시인은 연인의 얼굴에서 시선을 거두지 못했을 것이다.

　이별의 순간은 힘겹다. 굳은 마음으로 두 눈을 질끈 감고 헤어짐을 고하고 나서도 차마 발걸음을 옮길 수 없다. 이대로 돌아서면 끝이라는 것을 연인도 나도 안다. 하지만 정해진 인연에는 마침이 있는 법이다. 무거운 마음으로 맞이하는 이별의 순간에도 시간은 밀려 들어와 헤어짐을 재촉한다. 이 순간 떠밀리며 내딛는 걸음을 늦추고 그간의 사랑을 돌이켜 볼 수 있게 해 주는 찰나의 손길은 떠나는 이에게 작은 위로가 되어 줄 것이다. 그것이 고작 다리를 저는 한 마리의 나귀에 지나지 않더라도.

말은 가자 울고

작자 미상

말은 가자 울고 임은 잡고 울고

석양은 재를 넘고 갈 길은 천 리로다

저 임아 가는 날 잡지 말고 지는 해를 잡아라

이제 떠나야 할 때

그러나 내가 취한 행동은 그전부터 예정된 일이었다. 나의 눈물에 거짓은 없었다. 이별은 슬픈 것이니까. 그러나 졸업식 날 아무리 서럽게 우는 아이도 학교에 그냥 남아 있고 싶어 우는 건 아니다.

—박완서, 《그 남자네 집》, 세계사, 2012.

때가 되면 떠나야 한다는 것은 세상을 살아가는 데 있어 만고의 진리다. 어떤 인간도 홀로 그 진리를 거스를 수 없다. '때'라는 말이 함축하는 예정성과 법칙성이 이럴 때 참으로 무섭게 다가온다. 이별이 슬픈 것도 당연한 일이다. 사랑하는 이와의 헤어짐 앞에서 의연할 수 있는 사람이 얼마나 될까? 아무리 예상하고 준비했던 일이라도 이별을 맞닥뜨리는 순간 눈물은 진정으로 흘러나온다. 이별의 상황과 슬픔의 정서가 충돌하는 가운데, 인간은 무엇을 할 수 있는가. 서럽게 울면서도 결국 학교를 떠나기를 선택하는 아이처럼, 소설가 박완서는 정서를 추스르고 상황을 수용하기로 결정하며 상대방에게 청첩장을 내민다. 그 결정은 세상의 이치이기도 하지만, 이치를 따르고 싶은 박완서가 선택한 것이라는 사실을 마지막 문장에서 확인할 수 있다.

〈말은 가자 울고〉는 어떨까. 임이 가지 말라 붙잡고 우는 가운데, 떠날 때가 되었다는 사실은 다양한 방식으로 화자를 일깨운다. 말이 우는 소리, 해가 넘어가는 모습, 갈 길이 천 리 길이라는 아득함. 초장과 중장의 짧은 마디에서 이렇게 많은 이유를 대는 것은 가야만 하는 상황을 강조하기 위함이 아닐까? 이는 우는 임에게도, 떠나야 하는 자신에게도 이별을 인정하고 납득시키는 과정으로 보이기도 한다. 아무리 임이 울고 잡아도 자신이 가야 한다는 사실은 변하지 않기 때문이다.

화자는 임에게 자신을 잡지 말고 지는 해를 잡으라고 말한다. 이 말인즉슨, 당면한 이별은 자신의 뜻이 아니라 지는 해의 뜻이라는 말일 것이다. 해가 뜨고 지는 것은 인간이 어찌할 수 없는 세상의 이치이니, 이별 앞에서 임이 할 수 있는 일은 아무것도 없겠다. 사랑하는 이도 지는 해도 잡지 못하고 손을 놓을 수밖에 없다.

　화자 앞에 갈 길은 천 리가 남았다. 졸업식 날 서럽게 우는 아이도 인생의 다음 장으로 넘어가야 한다. 이렇게 세상의 이치란 가차 없는 데가 있어 한낱 인간을 서글프게 한다. 하지만 그 가운데서도 잊지 말자. 지는 해를 잡을 수 없어도 잡고 싶어 했던 마음을. 가차 없는 세상의 이치 아래 한숨짓는 마음을. 화자는 상황을 수용하되 정서의 어쩔 수 없음을 탄식한다. 결국은 세상의 순리를 따라야 할, 그러나 안타까움을 숨길 수 없는 화자의 탄식을 시조의 종장에서 확인할 수 있다.

송인(送人)

정지상

비 갠 긴 둑엔 풀빛 짙푸르거늘

남포에서 그대 보내며 슬픈 노래 솟아나네.

대동강 물은 어느 때에나 다하려나?

이별 눈물 해마다 푸른 물결에 더하는 것을.

대동강 엘레지

한차례 내린 비가 그간의 먼지를 싹 씻고, 하늘이며 나뭇잎을 선명하고 깨끗하게 보여 주면 가뿐하고 산뜻한 느낌이 든다. 마침 계절은 봄에서 여름 사이, 풀빛이 푸르고 강물도 파랗게 흘러 온 세상이 초록의 세상이다. 크게 숨을 들이쉬며 신선한 공기를 마신다. 나뭇잎에 맺힌 물방울이 머리 위로 한 방울 떨어지면 정신도 함께 맑게 개는 듯하다.

그러나 이런 날 화자가 불러야 할 것은 슬픈 이별의 노래이다. 이별의 장소는 대동강 하구의 남포라는 항구이다. 사랑하는 임을 보내야 하는 처지에 놓인 화자는 임을 보내고 하염없이 눈물만 흘린다. 이별의 눈물이 해마다 더해진다고 한 것으로 보아 짧은 이별도 아니고, 영영 이별이 될 상황인가 보다. 비 갠 뒤 푸른빛이 선명한 대동강 강둑의 전경이 화자의 마음에는 더 슬프게 와닿을 듯하다.

대동강은 그 특유의 정취와 분위기를 가져 여러

문학 작품의 배경이 되었다. 주로 그리움, 한, 서글픔 등 서도의 정서를 담은 작품들에 등장하여 주제 구현에 큰 역할을 했다. 대동강을 배경으로 하는 작품들 중에서도 특히 이 시가 널리 알려지고 사랑받았는데, 그 이유는 한 편의 수채화를 보는 듯한 생생함이 있기 때문이다. 이 시는 대동강이 품은 서정성과, 자신의 눈물이 매해 더해지기 때문에 강물 마를 날은 없을 것이라 읊조리는 탁월한 표현으로 여러 사람을 눈물 짓게 만들었다. 그 여러 사람 중에는 나도 포함되어, 7언 절구(한 구의 자수가 7자인 네 구의 한시)의 전문을 고등학생 때부터 외우고 다녔다.

대동강은 한 나라의 수도를 가로지르는 강이었다. 그만큼 많은 사람이 만나고 헤어지는 공간이었을 이 강은 유난히 구슬픈 강물이 흐르는 것처럼 보인다. 대동강은 이별의 아픔을 노래한 평양 기녀들의 한시, 고려 속요 〈서경별곡〉, 서도 민요 〈수심가〉 등의 시가들과 김시습의 〈취유부벽정기〉, 김동인의 〈배따라기〉 등 소설에도 등장한다. 시대와 장소를 뛰어넘어 곳곳에 쓸쓸함의 정서를 간직하는 것을 보면 대동강과 그 주변 을밀대, 부벽루는 어떤 운치를 지넋을지 궁금하다.

　실제로 가서 그 정취를 느껴 볼 일은 요원하지만, 이 시를 통해 간접적으로 대동강을 느껴 볼 수 있다. 높이 자란 풀들, 시원한 공기, 구성진 노랫소리. 선창가의 이곳저곳에서 뿌리는 눈물로 대동강의 강물이 넘실대는 광경이 눈앞에 선연히 그려진다.

속미인곡(續美人曲)

정철

저기 가는 저 각시 본 듯도 하구나

천상(天上) 백옥경(白玉京)을 어찌하여 이별(離別)하고

해 다 져 저문 날에 누구를 보러 가시는고

어와 너로구나 내 사설 들어 보오

내 얼굴 이 거동이 임이 사랑함직한가마는

어쩐지 날 보시고 너로다 여기시기에

나도 임을 믿어 다른 뜻이 전혀 없어

이래야 교태야 어지러이 하였던지

반기시는 낯빛이 예와 어찌 다르신고

누워 생각하고 일어나 앉아 생각하니

내 몸의 지은 죄 뫼같이 쌓였으니

하늘이라 원망하며 사람이라 허물하랴

서러워 풀어 생각하니 조물(造物)의 탓이로다

그런 생각 마오 맺힌 일이 있어이다

임을 모시고 있어 임의 일을 내 알거니

물 같은 얼굴이 편하실 적 몇 날인고

조물(造物) 조물주.   123

춘한고열(春寒苦熱)은 어찌 지내시며

추일동천(秋日冬天)은 누가 모셨는고

죽조반(粥早飯) 조석(朝夕) 뫼를 예와 같이 잡수시는가

기나긴 밤에 잠은 어찌 주무시는고

임의 소식을 아무려나 알자 하니

오늘도 거의 저물었다 내일이나 사람 올까

내 마음 둘 데 없다 어디로 가잔 말인고

잡거니 밀거니 높은 뫼에 올라가니

구름은 물론이거니와 안개는 무슨 일인고

산천(山川)이 어둡거니 일월(日月)을 어찌 보며

지척(咫尺)을 모르거든 천 리(千里)를 바라보랴

차라리 물가에 가 뱃길이나 보려 하니

바람이야 물결이야 어수선하게 되었구나

사공은 어디 가고 빈 배만 걸렸는고

강천(江天)에 혼자 서서 지는 해를 굽어 보니

춘한고열(春寒苦熱) 봄의 차가운 기운과 여름의 뜨거운 열기.
추일동천(秋日冬天) 가을과 겨울의 날씨.
죽조반(粥早飯) **조석**(朝夕) **뫼** 아침 수라 전의 죽. 아침·저녁 식
사를 일컫는 궁중 용어.

임의 소식이 더욱 아득하구나

모첨(茅簷) 찬 자리에 밤중만 돌아오니

반벽청등(半壁靑燈)은 누굴 위하여 밝았는고

오르며 내리며 헤매며 방황하니

잠시 힘이 다하여 풋잠을 잠깐 드니

정성이 지극하여 꿈에 임을 보니

옥 같은 얼굴이 반(半)이나마 늙었구나

마음에 먹은 말씀 실컷 사뢰자 하니

눈물이 바로 나니 말씀인들 어이하며

정을 못다 하여 목조차 메었으니

방정맞은 닭 울음소리에 잠은 어찌 깨었는고

어와 허사(虛事)로다 이 임이 어디로 갔는고

잠결에 일어나 앉아 창(窓)을 열고 바라보니

가엾은 그림자가 날 좇을 뿐이로다

차라리 죽어서 낙월(落月)이나 되어서

모첨(茅簷) 초가집 처마.
반벽청등(半壁靑燈) 바람벽 중간쯤에 걸린 등잔불.

임 계신 창(窓) 안에 번듯이 비추리라

각시님 달이야 물론이거니와 궂은 비나 되소서

내 사랑 이야기를 들어 보오

어느 날 나를 보고 반해 시작된 임의 사랑이 갑자기 예와 달리 변해 버렸고, 나는 임을 가까이 모시던 위치에서 소식조차 알 수 없는 곳으로 멀어졌다. 누워서도 일어나서도 앉아서도 생각한다. 내가 무엇을 잘못했을까, 임의 마음은 왜 변한 것일까. 소식이라도 알 수 있을까 싶어 높은 산이며 강가를 기웃거려 보지만 산의 안개와 강의 물결이 눈앞을 가릴 뿐이다. 진력이 다해 잠깐 든 풋잠에 나타난 임은 그새 얼굴이 많이 늙었다. 꿈속의 임에게 속마음을 실컷 말하고 싶은데, 목소리는 나오지 않고 닭 울음소리에 잠을 깨 버려 허망하기만 하다. 차라리 죽어서 하늘의 달이 되면 임을 비출 수 있으니 좋지 않을까?

여인의 절절한 목소리가 떠오르는 이 노래는 조선 선조 때 좌의정까지 지냈던 송강 정철의 가사이다. '충신연주지사'의 대표작이기도 한데, 충신연주지사란 임금을 그리워하는 신하의 노래를 일컫는 말이다. 이 노래들은 신하와 임금이라는 신분을 그대로 두고 시상을 전개하기도 하지만 많은 경우 임금을 남성으로, 신하인 화자 자신을 여성으로 설정하고 군신 간의 신의를 남녀 간의 사랑에 빗대어 노래한다. 주로 임금은 화자를 버린, 화자를 떠나간 임이 되고 신하는 임을 그리워하고 임과 재회하고자 하는 여인이 되어 소회를 털어놓는다.

이 가사는 충신연주지사의 성격을 토대로 작가인 송강 정철의 정치사와 관련하여 읽어도 흥미롭지만, 군신 관계를 생각하지 않고 진정한 남녀 간의 연시(戀詩)로 보아도 그 곡진함이 뛰어나다. 아름다운 우리말로 임을 향한 그리움의 정서를 솔직하게 표현해 고전 소설 《구운몽》, 《사씨남정기》를 쓴 서포 김만중도 이 노래를 높이 평가한 바 있다. 우리말로 서술된 표현의 아름다움과 그리움의 깊이를 보면 오히려 군신 간의 신의라기에 조금 과하지 않나 싶은 생각도 들지만, 당대의 분위기를 생각해 보면 이해되는 일이다. 유교 사회에서의 '충(忠)'은 '효(孝)'에 필적할 만큼 중요한 가치이니까.

이처럼 임을 향한 그리움을 가감 없이 솔직하게

표현한 배경에는 독특한 구성이 한몫한다. 바로 친구(라고 하기에는 얼굴만 아는 사이지만)인 갑녀(甲女)의 존재이다. 자세히 살펴보면 이 가사는 누굴 보러 가느냐며 말을 거는 갑녀의 대사로 시작하고, "어와 너로구나 내 사설 들어 보오"라며 자신의 사랑 이야기를 풀기 시작하는 을녀(乙女)의 대사로 이어받는다. 갑녀는 을녀의 사설을 듣다가 "그런 생각 마오" 하며 추임새를 넣기도 한다. 이렇게 이야기를 들어 주는 이가 있다면 임 향한 내 마음 더욱 신이 나서 말하게 되는 것이 아니겠는가. 말하다 보면 그리움은 점점 불어나 눈물 바람으로 이어지기 마련인데, 등을 두드려 주는 친구 덕에 위로도 받고 그런 것이다.

위로가 가장 극적으로 느껴지는 부분이자 이 가사의 핵심이라고 할 수 있는 부분은 바로 마지막, 갑녀의 대사이다. 어떻게 해도 임을 볼 수 없으니 달이라도 되어 임 앞에 비추고 싶다는 을녀의 한탄에 갑녀는 달보다도 궂은비가 되는 것이 어떻겠냐고 조언한다. 달이 되어 멀리서 은은하게 자신을 드러내기보다 세차고 직접적으로 임의 몸에 퍼붓는 빗줄기가 되라는 뜻이다. 듣기만 해도 답답한 심정이 말끔

해지는 기분이다. 이렇게 시원하고 따뜻하게 위로해 주는 친구가 있어, 을녀는 후련하게 마음을 털어놓을 수 있다. 이별 후 서로 품앗이를 해 주었던 내 친구들을 떠올리게 하는 구절이다.

임이 혀오시매

임이 혀오시매 나는 전혀 믿었더니
날 사랑하던 정을 누구에게 옮기신고
처음에 미워하시던 것이면 이토록 서러울까

혀오시매 헤아려 생각하시기에. 사랑하시기에.

움직이는 사랑

가수 이소라의 여러 노래를 좋아하지만 더없이 마음을 가라앉히고 밑바닥으로 끌고 내려가고 싶을 때 찾는 노래는 〈나를 사랑하지 않는 그대에게〉이다. 제목부터 이미 절망스러운데, 내가 아닌 다른 이에게만 웃음을 보이고 사랑을 주는 그대를 바라보는 외로움이 이소라의 목소리로 지극하게 느껴진다. 괴로울 정도로 그대의 마음을 갖고 싶은 화자에게 그대가 주는 것은 미움뿐이니, 그 슬픔과 절망이 오죽할까. 나중에 헤어지더라도 한 번은 서로 사랑하는 날이 있었으면 하는 마음이 든다.

그런데 이 시조의 화자는 차라리 처음부터 미움받는 것이 낫지, 사랑하던 정을 다른 이에게 옮기는 것이 더 서러운 일이라고 한다. 임의 사랑을 굳게 믿었는데, 다른 이를 사랑하게 되었다니 이런 배신이어디 있는가. 다른 이에게 마음을 옮김으로써 그간임과 내가 나누었던 소중한 추억들은 이제 없는 것이 되었다. 정확히 말하면 임에게 없는 것이 되고 나에게만 남은 것이 되었으니 더욱 서러운 일이다. 애초에 미워하던 것이면 이렇게 서럽지 않을 것이라는 화자의 말에 고개가 끄덕여진다.

이런저런 생각을 하는 가운데, 떠오르는 인물은 권필의 한문 소설 《주생전》에 등장하는 배도이다. 배도는 기생으로 살던 중 우연히 옛 소꿉동무인 주생을 만나 사랑하게 되는데, 주생도 배도에게 빠져 그녀의 집에 머물며 행복한 시간을 보낸다. 그러나 어떠한 계기로 승상댁의 딸 선화를 보게 된 이후 배도에게 주었던 주생의 마음이 선화에게 옮겨지고, 선화의 마음도 같아 주생과 선화는 매일 밤 밀회를 가진다. 결국 배도는 크게 상심하여 병을 얻고 죽음에 이른다. 임의 마음이 나를 떠나 다른 곳으로 갔음을 받아들이는 것은 죽음과도 같은 고통일까? 서서히 옅어지는 주생의 마음과 그 마음이 여기가 아닌 어딘가로 향한다는 감각을 느끼며 병들기 시작했을 배도의 마음을 헤아려 본다. 배도도 이 시조의 화자에게 공감할 수 있겠다.

이 시조는 성리학의 대가이자 17세기 조선 당

쟁의 중심에 있던 송시열의 작품이다. 자신이 이끄는 노론 세력의 약화를 비관하며 쓴 배경을 생각하면 낭만적인 분위기가 조금 혼탁해지기는 하지만, 정을 주다 옮겨 간 임의 마음에 아파한 데에는 진심이지 않았겠는가. 여전히 〈나를 사랑하지 않는 그대에게〉를 들으며 슬퍼하지만, 이번에는 송시열의 손을 잡아 주련다. 차라리 처음부터 미움받는 게 낫겠다고, 사랑받다 그치는 일은 너무 서럽다고 말이다. 임의 사랑이 얼마나 따스한지 알아 버린 연후에는 도저히 찬 데로 갈 수가 없으니까.

묏버들 가려 꺾어

홍랑

묏버들 가려 꺾어 보내노라 임에게

주무시는 창(窓)밖에 심어 두고 보소서

밤비에 새잎이 나거든 나인가도 여기소서

나를 잊지 말아요

친구에게 받은 선인장 화분에서 새 줄기가 돋아났다. 기존에 있던 줄기 위에 콩알처럼 얹어진 형태로 자리를 잡은 새 줄기를 볼 때마다 선물을 주었던 친구를 생각했다. 우리의 우정이 새 생명을 낳았다는 다소 과장된 생각을 하며. 또 다른 친구에게는 이름 모를 수경 식물을 받았는데, 생명력이 어찌나 강한지 중간에 자른 줄기를 물에 담가 놓기만 했는데도 연두색 새잎을 잊지 않고 때마다 내놓았다. 그 화분을 들고 걸어오던 친구의 모습이 마치 영화 〈레옹〉의 마틸다 같았기에, 이름도 '마틸다'로 지어 주고 예뻐한 화분이다.

그러고 보면 누군가에게서 선물을 받는 일은 단순히 물건을 받는 것이 아니라 물건을 주는 이의 일부를 받는 일인 듯하다. 주는 이의 마음이든, 그와의 기억이든, 그 자체이든 말이다. 그러니까 받은 물건을 보면 준 이가 계속 생각나는 것 아닐까? 반대로 선물을 줄 때를 생각해 보면, 역시 받는 이에게 도움이 될 만한 물건을 주는 것이 좋겠지만 한편으로 자신을 기억할 수 있는 무언가를 주고 싶은 마음도 적지 않다. 그것이 가장 큰 목적일 수도 있고 말이다.

홍랑이 보낸 묏버들은 아무래도 후자의 목적으로 보낸 선물일 테다. 홍랑은 조선 중기 함경도 지방의 기생으로, 뛰어난 미모와 재주로 당시에도 이름이 널리 알려졌다 한다. 경성이라는 지역의 관기로 지내던 홍랑은 이 지역에 부임해 온 최경창을 만나 행복한 시간을 보내지만, 이내 최경창은 임기를 마치고 서울로 떠나야 하는 운명을 맞는다. 홍랑은 최경창을 멀리까지 따라가 배웅하며 겨우겨우 보낸다. 차마 보낼 수 없는 임을 보내고 홍랑은 묏버들 한 가지와 이 시조를 최경창에게 전했다고 한다. 나를 잊지 말라는, 눈물로 써 내려간 마음을 담아.

버들은 줄기 가운데를 툭 잘라 땅에 심으면 그 자리에서 또 새잎을 피운다고 하니, 최경창이 어렵지 않게 곁에 두고 늘 바라볼 수 있지 않았을까? 거기다 연하고 부드러운 새잎이 나면 반가움에 만져 보고 쓰다듬으며 홍랑에게 하듯이 할 수 있었을 것이다. 그럴 것을 생각하고 이왕이면 예쁘고 잘생긴 가지를 찾아 버들을 가려 꺾었을 홍랑이 상상된다. 최경창은 그 마음까지를 모두 헤아렸으리라고 생각한다.

곰곰이 다시 생각해 보니 홍랑이 선물을 보낸 것은 최경창이 자신을 기억해 주기만을 바라고 한 것은 아닌 듯하다. 이 묏버들은 최경창에게도 필요한 선물이다. 묏버들이 아니었더라면 먼 곳에서 최경창은 무엇에 기대어 홍랑을 생각하고 그리워할 수 있었을까? 곁에 없는 홍랑 대신 외로운 최경창을 달래 주고 위로해 주었을 어여쁜 묏버들이 눈에 선하다. 한 가지의 묏버들에 담긴 여러 가지 의미를 생각해 본다. 이래저래 사랑과 슬픔을 간직한, 홍랑만큼이나 앙증맞고 보드라운 묏버들이다.

규원가(閨怨歌)

허난설헌

엊그제 젊었더니 벌써 어이 다 늙거니

소년행락(少年行樂) 생각하니 일러도 속절없다

늙어서 서러운 말씀 하자 하니 목이 멘다

부생모육(父生母育) 신고(辛苦)하여 이내 몸 길러 낼 제

공후배필(公候配匹) 못 바라도 군자호구(君子好逑) 원(願)하더니

삼생(三生)의 원업(怨業)이오 월하(月下)의 연분(緣分)으로

장안유협(長安遊俠) 경박자(輕薄子)를 꿈같이 만나서

상시(常時)의 용심(用心)하기 살얼음 디디는 듯

삼오이팔(三五二八) 겨우 지나 천연여질(天然麗質) 절로이니

이 얼굴 이 태도(態度)로 백년기약(百年期約)하였더니

연광(年光)이 숙홀(倏忽)하고 조물(造物)이 다시(多猜)하여

봄바람 가을 물이 베오리의 북 지나듯

장안유협(長安遊俠) 경박자(輕薄子) 놀기 좋아하고 가벼운 사람.

천연여질(天然麗質) 천연한 고운 용모와 마음씨.

숙홀(倏忽) 세월의 흐름이 너무 빠름.

다시(多猜) 시기(猜忌), 질투가 많음.

설빈화안(雪鬢花顔) 어디 가고 면목가증(面目可憎) 되었

구나

내 얼굴 내 보거니 어느 임이 날 사랑할쏘냐

스스로 참괴(慚愧)하니 누구를 원망(怨望)하랴

삼삼오오(三三五五) 야유원(冶遊園)에 새 사람이 났단

말인가

꽃 피고 날 저문 제 정처(定處) 없이 나가서

백마금편(白馬金鞭)으로 어디어디 머무는고

원근(遠近)을 모르거니 소식(消息)이야 더욱 알랴

인연(因緣)을 그쳤은들 생각이야 없을쏘냐

얼굴을 못 보거든 그립기나 말으려믄

열두 때 길기도 길구나 서른 날 지리(支離)하다

옥창(玉窓)에 심은 매화(梅花) 몇 번이나 피여 진고

겨울밤 차고 찬 제 자취 눈 섞어 치니

면목가증(面目可憎) 미운 얼굴. 가증스러운 얼굴.
백마금편(白馬金鞭) 흰 말과 금 채찍. 사내의 호사스러운 풍류
를 나타냄.

140 **실솔(蟋蟀)** 귀뚜라미.

여름날 길고 길 제 궂은비는 무슨 일인고

삼춘화류(三春花柳) 호시절(好時節)에 경물(景物)이 시름

없다

가을 달 방(房)에 들고 실솔(蟋蟀)이 상(床)에 울 제

긴 한숨 지는 눈물 속절없이 생각만 많다

아마도 모진 목숨 죽기도 어렵겠구나

도리어 풀어 생각하니 이리하여 어이 하리

청등(靑燈)을 돌려놓고 녹기금(綠綺琴) 비스듬히 안아

접련화(接蓮花) 한 곡조를 시름조차 섞어 타니

소상야우(瀟湘夜雨)의 대 소리 섯도는 듯

화표천년(華表千年)의 별학(別鶴)이 우니는 듯

옥수(玉手)의 타는 수단(手段) 옛 소리 있다마는

부용장(芙蓉帳) 적막(寂寞)하니 뉘 귀에 들릴 것인가

간장(肝腸)이 구회(九回)하여 굽이굽이 끊어졌어라

소상야우(瀟湘夜雨)의 대 소리 섯도는 듯 슬픈 감정을 불러일
으키는 소리를 표현한 것. 중국 순임금이 남쪽 지방을 순행
하다가 창오산에서 죽게 되었는데, 창오산까지 이르지 못한
순임금의 두 왕비가 동정호에서 피눈물을 흘려 동정호의 대
나무가 반죽(斑竹)이 되었고 왕비들은 동정호 남쪽의 소수(瀟
水)와 상강(湘江)의 여신이 되었다는 전설에서 유래함.

차라리 잠을 들어 꿈에나 보려 하니

바람의 지는 잎과 풀 속에 우는 짐승

무슨 일 원수(怨讐)로서 잠조차 깨우는가

천상(天上)의 견우직녀(牽牛織女) 은하수(銀河水) 막혔어도

칠월칠석(七月七夕) 일년일도(一年一度) 실기(失期)치 아녔거든

우리 임 가신 후는 무슨 약수(弱水) 가렸기에

오거니 가거니 소식(消息)조차 그쳤는고

난간(欄干)에 비스듬히 서서 임 가신 데 바라보니

초로(草露)는 맺혀 있고 모운(暮雲)이 지나갈 제

죽림(竹林) 푸른 곳에 새소리 더욱 서럽다

세상의 서러운 사람 수(數)없다 하려니와

박명(薄命)한 홍안(紅顏)이야 나 같은 이 또 있을까

아마도 이 임의 지위로 살동말동 하여라

화표천년(華表千年)의 별학(別鶴)이 우니는 듯 '화표'는 무덤가에 세우는 돌로, 정령위라는 사람이 신선의 도를 배워 천년 뒤에 학이 되어 화표에 내려앉았다는 고사에서 유래함.

약수(弱水) 이승과 저승 사이에 가로놓였다는 전설 속의 강.

무심한 당신을 원망하며

옛날에 할머니들이 고생한 이야기를 들으면 정말 그 세월 어떻게 살아 내셨나 싶다. 가난은 기본이고 매서운 시집살이에 줄줄이 이어지는 자식들 뒤치다꺼리까지 힘든 일은 끝이 없었다. 이 어려운 일들을 알아 주고 함께 견뎌 줄 남편이나 멀쩡하면 그래도 참고 살아 보련만, 많은 경우 제일 속 썩이는 게 남편이라 그 시절 할머니들의 오장육부는 문드러졌다. 김은성 작가의 만화 《내 어머니 이야기》를 보면 밖으로 나돌며 술과 도박을 일삼는 남편 때문에 고생한 아내들의 이야기가 생생하게 나타난다. 조선시대 사설시조와 가사에도 한량 남편을 둔 여인들의 하소연이 한가득 있다. 그나마 지금은 시대가 변했기에 망정이라는 생각이 든다.

유서 깊은 가문의 넉넉한 양반댁 마나님이라고 해서 이 고생을 몰랐던 것은 아니다. 이 가사를 쓴 허난설헌은 부유한 양반의 딸로 태어나 뛰어난 문재

(文才)를 바탕으로 여성으로서는 드물게 이름을 날린 총명한 규수였다. 그러나 당시의 관습대로 이른 나이에 집안 뜻에 따라 결혼하게 되었고, 시어머니와의 불화, 자녀들의 죽음 등 불행한 가정사를 겪는다. 이 와중에 고통을 함께하지 않고 자신에게 냉정하기만 했던 남편의 태도는 얼마나 허난설헌을 외롭게 했을까. 외로움은 원망이 되어 허난설헌으로 하여금 붓을 들게 만들었다. 〈규원가〉가 〈원부사(怨夫詞)〉라는 다른 제목으로도 불리는 까닭이다.

"장안유협 경박자(長安遊俠 輕薄子)"로 지칭된 가사 속 화자의 남편은 놀기 좋은 곳에 나가 새로 온 기생을 만나며, 집에 들어오지 않아 소식조차 파악하기 어려운 남성으로 묘사된다. 그래도 화자는 기댈 곳이 남편뿐이므로 소식을 알려 하고 남편을 그리워하며 한숨과 눈물로 하루하루를 보낸다. 심지어 마지막은 "아마도 이 임의 지위로 살동말동 하여라"라고 서술되어 있지 않나. 남편을 생각하며 졸이는 마음이 아주 초조하게 느껴진다. 그렇게 화자에게 무심한 남편이건만 화자는 끝까지 남편을 놓지 못하고 소식을 기다린다.

가장 마음이 아픈 부분은 "상시(常時)의 용심(用心)하기 살얼음 디디는 듯"이라는 구절이다. 본격적으로 바람이 나는 중반부와 후반부의 구절들도 안타깝긴 하지만, 신혼 초 이리저리 남편의 기색을 살피며 조마조마하게 마음을 썼을 어린 부인의 얼굴이 떠오르는 이 구절이 짠하기 그지없다. 낯선 집에 시집 와 모든 것이 어려울 어린 부인을 어여삐 여기고 따뜻하게 대해 주면 좀 좋으련만. 그때의 무심함이 시로 나와 500년 후까지 남겨질 줄 남편은 몰랐겠지. 알았더라면 이렇게 무심하지는 않았으려나.

백초를 다 심어도

작자 미상

백초(百草)를 다 심어도 대는 아니 심을 것이

젓대 울고 살대 가고 그리는 이 붓대로다

이 후에 울고 가고 그리는 대 심을 줄이 있으랴

젓대 피리.

살대 화살의 대.

이별을 피하고 싶어서

고전 시가에서 '대나무' 하면 가장 먼저 떠오르는 이미지는 '절개'이다. 대나무의 곧게 뻗은 줄기, 겨울에도 청청한 이파리도 그렇거니와 속이 비었다는 특징은 다른 욕심 없이 꼿꼿하게 지조를 지키는 선비나 여인을 표상한다. 그런 의미로 집 주변이나 울타리에 대를 심는 행위는 절개와 지조를 지키겠다는 의지의 표현으로 읽히면서 칭찬받을 일이 될 수 있다.

그런데 이 시조의 화자는 초장에서 대를 심지 않겠다고 선언한다. 심지어 다른 모든 풀을 심더라도 대나무는 심지 않겠다고 하는 것으로 보아 이것은 절대에 가까운 선언이다. 화자는 왜 이런 선언을 했을까. 화자는 지조와 절개를 저버린 이일까. 아니면 대나무에 무슨 앙심이라도 품은 것일까. 대나무와 무슨 원수를 졌기에 절대 심지 않겠다고 말하는 것일까.

그 이유가 중장과 종장에 걸쳐 풀이된다. 젓대는 울고, 살대는 가고, 붓대는 그리기 때문이라는 것이다. 젓대는 피리, 살대는 화살, 붓대는 붓을 일컫는 말인데, 각각 피리는 (소리 내어) 울고, 화살은 (날아)가고, 붓은 (그림을) 그리는 속성을 가진다. '울다', '가다', '그리다'라는 서술어가 '눈물을 흘리다', '떠나다', '그리워하다'의 의미로 쓰인다는 것을 상기해 보면 그제야 화자의 선언이 이해가 된다. 눈물 흘리고, 떠나고, 그리운 이별을 겪고 싶지 않은 마음이 피리와 화살과 붓의 재료인 대나무를 거부하는 마음으로 이어진 것이다. 화자는 표면적으로 대나무를 심지 않겠다고 말하지만, 사실은 이별을 한탄하고 이별을 거부하고 싶은 마음을 드러내는 것이 목적이다. 이별하고 싶지 않다고, 이별을 연상하게 하는 대나무조차도 심고 싶지 않다고 말이다.

일반적으로 대나무가 가진 이미지를 뒤엎고, 일종의 말놀이로 이별의 슬픔을 나타낸 이 시조는 육자배기 가락으로도 꾸준히 불렸다. 이 시조의 발상이 가진 독특함이 단순한 말장난으로만 그치는 것이 아니라, 정서적으로 사람들의 깊은 공감을 자아냈기 때문이다. 그러고 보니 이별의 상황에서 대를 보며 절개와 지조 같은 유교적인 관념을 운운하기보다 이별의 슬픔을 토로하고 원망하며 탓하는 것이 더 자연스러운 감정의 결과인 듯하다는 생각도 든다.

소설가 최명희의 대하소설 《혼불》에서도 주인공 효원의 남편 강모가 첫날밤에 이 시조를 읊는다. 자신이 장가 온 마을 이름이 '대실'이며 실제로 대가 많은 것을 보고 불현듯 떠올린 것이다. 뒤늦게 이 시조가 첫날밤에 어울리지 않는 시조임을 깨달은 강모는 대나무의 절개를 노래한 윤선도의 〈오우가〉를 변명처럼 읊어 보지만, 첫날밤의 분위기를 만회하지는 못한다. 몸은 효원에게 장가를 왔지만 마음은 다른 곳에 가 있었기에, 〈오우가〉보다도 이 시조가 먼저 읊어진 것이리라. 사람의 마음은 이렇게도 감출 수가 없는 것이다.

꼿꼿하게 서서 하늘을 찌르는 대가 있는가 하면, 쪼개지고 갈라져 울고 가고 그리는 대도 있다. 같은 대나무도 상황에 따라 다양하게 변주하는 옛사람들의 기지는 짧은 글 속에 정서를 담아내는 고전 시가에서 특히나 반짝인다. 다른 시에서는 또 어떤 대

나무의 모습을 볼 수 있을까? 가집을 뒤적이는 나의
마음은 이런 이유로 항상 설렌다.

이별하던 날에

홍서봉

이별하던 날에 피눈물이 난지 만지
압록강 내린 물이 푸른빛이 전혀 없네
배 위의 허여 센 사공이 처음 본다 하더라

강물의 푸른빛은 언제 다시 돌아오나

20대의 어느 날, 이별하던 날을 생각하면 떠오르는 색채는 노란빛이다. 어느 해 물이 풀리던 즈음에 맞이한 이별의 날은 아직 추운 기운이 남았으면서도 봄이 다가옴을 느낄 수 있는 시기였다. 돌아섰다가 다시 걸었다가, 결국 뒤돌아서는 결말에 이르러 혼자 집으로 돌아오는 길은 어찌나 막막하던지. 길가의 언덕에는 개나리의 무리가 노랗게 땅을 뒤덮고 좁은 인도까지 가지를 뻗쳐 행인의 옷깃을 자꾸만 건드렸다.

이제는 그때의 마음보다 개나리의 노란빛이 기억에 더 선하게 남는다. 샛노란 꽃잎이 조금씩 떨어지고 연둣빛 이파리가 가지에 송송 피면서 나의 마음은 서서히 아물었다. 완연한 초록의 가지가 되기까지의 시간들은 다음 사랑을 위한 양분이 되어 주었다.

노랑이 초록이 되며 상처가 아물었던 나의 시간

이 있었는가 하면, 푸른빛을 붉게 물들이며 애통해 했던 이의 나날도 있었다. 이 시조의 화자는 이별하던 날에 피눈물을 너무 많이 흘린 나머지 푸른 압록강의 물색을 붉게 물들여 버렸다. 압록강은 이름에 '푸를 록(綠)' 자가 들어갈 만큼 예로부터 푸르기로 유명한 강이다. 이 강물의 푸른빛이 사라질 만큼 피눈물을 흘렸다는 것이니 이별한 화자의 슬픔이 얼마나 깊었을지 짐작할 수 있다. 게다가 오랜 시간 이곳에서 사공 일을 해 왔던 할아버지 사공이 이런 경우는 처음 본다 말할 정도이니, 이별도 보통 이별이 아닌 듯하다. 푸르디푸른 강물 속에서 확산되는 붉은 눈물의 이미지를 떠올려 보면 강렬하고도 비장한 분위기가 느껴진다.

이 시조를 지은 홍서봉은 조선 인조 때 영의정을 지낸 문신으로, 병자호란을 겪고 임금의 두 대군을 청나라에 볼모로 보내는 참담한 일을 감당했다. 한 나라의 중신으로서 이 비극적인 일을 막지 못하고 두 대군이 압록강을 건너는 모습을 보아야 했던 시인의 심정은 그야말로 피눈물을 흘리는 심정이었을 것이다. 자신의 아들들을 보내는 것만큼이나 가슴 아픈 이별이 아니었을까. 임진왜란을 겪은 류성룡이 《징비록》으로 그 치욕과 회한의 세월을 기록했다면, 홍서봉은 이 시조로 눈물과 고통의 세월을 노래한 것이다.

사사롭게는 이별의 아픔이고 국가적으로는 나라의 비극으로 생각할 수 있는 물색의 변화이다. 언젠가 어느 날에 압록강의 강물은 다시 푸른빛을 되찾았겠지만, 그것은 개나리가 피고 지는 시간과 비교할 수 없이 오랜 시간이 지난 후의 일이었을 것이다. 사사로운 일이든 국가적인 일이든, 압록강가에서 피눈물을 흘리는 이별의 아픔은 한(恨)으로 남을 수밖에 없다. 사랑하는 이를 하릴없이 보내야 하는 이의 깊은 한이 푸른빛을 잃어버린 붉은빛의 강물에 고스란히 담겼다.

방물가(房物歌)

작자 미상

서방님 정 떼고 정 이별한대도 날 버리고 못 가리라

금일송군 임 가는 데 백년소첩 나도 가오

날 다려 날 다려 날 다려가오 한양낭군님 날 다려가오

나는 죽네 나는 죽네 임자로 하여 나는 죽네

네 무엇을 달라고 하느냐 네 소원을 다 일러라

제일명당 터를 닦아 고대광실 높은 집에 내외분합 물림퇴며 고불도리 선자추녀 형덩그렇게 지어나 주랴

네 무엇을 달라고 하느냐 네 소원을 다 일러라

연지분 주랴 면경 석경 주랴 옥지환 금봉차 화관주 딴머리 칠보족두리 하여나 주랴

네 무엇을 달라고 하느냐 네 소원을 다 일러라

세간 치례를 하여나 주랴 용장 봉장 귓도리 책상이며 자개 함롱 반다지 삼층 각계수리 이층 들미장에 원앙금침 잣베개 샛별같은 쌍요강을 발치발치 던져나 주랴

155

네 무엇을 달라고 하느냐 네 소원을 다 일러라

의복 치레를 하여나 주랴 보라 항능 속저고리 도리볼수 겉저고리 남문대단 잔솔치마 백방수화주 고장바지 물면주 단속곳에 고양나이 속버선에 몽고삼승 겉버선에 자지상직 수당혜를 명례궁 안에 맞추어 주랴

네 무엇을 달라고 하느냐 네 소원을 다 일러라

노리개 치레를 하여나 주랴 은조로롱 금조로롱 산호가지 밀화불수 밀화장도 겹칼이며 삼천주 바둑실 남산 더미만큼 하여나 주랴

네 무엇을 달라고 하느냐 네 소원을 다 일러라

나는 싫소 나는 싫소 아무것도 나는 싫소

고대광실도 나는 싫고 금의옥식도 나는 싫소

원양충충 걷는 말에 마부담하여 날 다려가오

이별의 민낯

    〈열녀춘향수절가〉에는 재미나고 유명한 장면들이 많지만, 특히 춘향이와 몽룡이의 이별 장면이 몹시 흥미로운 장면이다. 아버지 따라 남원 왔던 몽룡이 아버지의 동부승지 발령으로 다시 서울에 돌아가게 되면서 발생하는 이 이별의 마당은, 사랑을 두고 가야 하는 몽룡의 미안함과 홀로 남겨지는 춘향의 서러움이 어우러져 갖가지 감정의 향연을 이룬다. 어디 둘뿐일까. 춘향의 어미인 월매까지 가세하여 피우는 한바탕의 난리는 사랑은 쉽게 해도 이별은 쉽게 할 수 없다는 말을 절로 떠올리게 한다.

    월매가 "오늘로 우리 집에 사람 둘 죽습네."라고 외칠 만큼 소란한 이별의 마당이다. 춘향이는 몽룡이 고하는 이별의 말을 듣고 치맛자락을 찢고, 거울이며 빗 등속을 내동댕이치고 혼절한다. 이 과정에서 춘향이가 내지르는 장황한 사설들도 이 장면의 백미이다. 춘향이의 법석 앞에 몽룡이도 중국의 옛

시며 고사를 인용하여 잊지 않고 연락하겠노라 춘향이를 달래는데, 이별을 거부하는 이와 받아들이도록 설득하는 이 사이에 오가는 일련의 사설들은 애절하고도 극진하기 이를 데 없다. 이별의 현장을 생중계하듯 생생한 장면들이다.

〈방물가〉는 〈열녀춘향수절가〉의 이별 대목을 따온 잡가로, 이별의 일면을 실감 나게 보여 준다. 다만 '이별의 현장'을 넘어 '이별의 민낯'을 보여 준다는 점에서 더 처절하다고 할 수 있는데, 그 차이는 이별을 대하는 남성의 태도를 비교하면 확인할 수 있다. 〈열녀춘향수절가〉에서의 몽룡이 장원급제 후 데리러 올 것을 약속하며 춘향이를 달래는 모습을 보여 주었다면, 〈방물가〉에서의 남성은 남겨지는 여성에게 물질적인 보상을 해 주기에 급급한 모습을 보인다. 말만 하면 넓은 집에 보석까지 다 마련해 줄 수 있지만, 함께 한양으로 가는 것만은 못한다고 하니 어찌 이리 야속한가.

물론 이 노래의 가장 큰 특징은 방물, 즉 당대 여성들이 사용하던 패물·잡화와 세간살이 등을 나열하며 노래의 재미를 추구했다는 점이다. 하지만 아무래도 나에게는 이별의 마당에서 보여 주는 다양한 인간 군상의 속마음이 더욱 관심을 끈다. 못 데려간 다는 남성에게 끝까지 매달리는 여성의 마음도 그러 하지만, 일반적인 사설에서 잘 나타나지 않는 떠나는 이의 속물적인 속내를 살펴보는 것도 여간 흥미롭지 않다.

좋게 생각하면 '정표'를 남기는 것으로 이해할 수 있겠다. 하지만 실은 남겨 두고 가는 여성에게 느끼는 미안함과 죄책감을 금전적으로 갚고자 하는 것 아니겠는가. 이러한 태도는 물질적인 보상으로 이별의 상처를 치유할 수 있다는 생각에서 비롯한다. 더 매정하게 해석해 본다면 물질을 통해 이별을 무난하게 완성하고 한양으로 떠나는 발걸음을 가볍게 하고 싶은 마음도 있지 않을까 싶은데, 그런 마음들도 무정한 이별의 일면이다. 사랑의 모습이 다양한 만큼 이별의 모습도 다양하다. 이별에는 이렇게 구질구질한 모습도 있다. 구질구질함을 얼마나 잘 갈무리하느냐에 따라 양상이 조금 달라질 뿐이다.

사랑을 하면 자신이 어떤 사람인지 알게 되고, 이별을 하면 자신의 바닥이 어디인지 알게 된다. 그렇기에 이별이란 이리도 어렵고도 두려운 것 아닐까? 외면하고 싶은, 그러나 분명히 내 안에 존재하는 구질구질한 바닥을 〈방물가〉를 읽으면서 다시 한번 상기한다. 미화되지 않은 적나라한 이별의 민낯이 나의 바닥을 쿵쿵 두드린다.

4부

굳은 땅속에 내리는 뿌리, 겨울

수심가(愁心歌)

작자 미상

약사몽혼(若使夢魂)으로 행유적(行有跡)이면

문전석로(門前石路)가 반성사(半成砂)로구나

생각을 하니 임의 화용(花容)이 그리워 나 어이 할까요

강산불변 재봉춘(江山不變再逢春)이요

임은 일거(一去)에 무소식이로구나

생각을 하니 세월 가는 것 서러워 나 어이 할까요

일락서산(日落西山) 해 떨어지고

월출동령(月出東嶺)에 달 솟아온다

생각을 하니 세월 가는 것 아연(啞然)하여 나 어이 할

까요

〈후략〉

약사몽혼(若使夢魂)으로 행유적(行有跡)이면 꿈속의 혼이 자취
가 있다면.

문전석로(門前石路)가 반성사(半成砂)로구나 임의 집 앞의 돌길
이 닳아서 반쯤은 모래가 되었을 것.

강산불변 재봉춘(江山不變再逢春)이요 강산은 변하지 않는데
봄은 다시 돌아오고.

아연(啞然)하여 너무 놀라고 어이가 없어서.

163

꿈속 넋의 자취

고전 시가를 읽다 보면 '응? 이 가사 어디서 봤던 내용인데?' 하고 기억을 더듬는 일이 생긴다. 고전 시가가 오랜 세월에 걸쳐 사람들에게 널리 퍼지며 입에서 입으로 전해지다가 여러 형태로 기록된 까닭이다. 하나 특기할 점은, 이처럼 다양한 형태로 시대를 거쳐 전해진 내용이라면 다수의 공감을 얻고 인기가 많았던 내용이었으리라는 점이다.

이 민요에 차용된 한문 구절은, 사실 〈자술(自述)〉이라는 제목으로 전해지는 한시의 구절 그대로이다. 또 작자 미상의 시조와도 같은 내용을 담는다.

近來安否問如何(근래안부문여하)

요사이 안부는 어떠신가요?

月白紗窓妾恨多(월백사창첩한다)

창가에 달빛 환할 때 제 한은 깊어만 가요.

若使夢魂行有跡(약사몽혼행유적)

만약 꿈속의 넋이 자취를 남길 수 있다면

門前石路已成沙(문전석로이성사)

문 앞의 돌길은 벌써 모래가 되었을 것을.

　　　　　―이옥봉, 〈자술(自述)〉

꿈에 다니는 길이 자취가 날 것 같으면

임 계신 창밖에 석로(石路)라도 닳으리라

꿈길이 자취 없으니 그를 슬퍼하노라

　　　　　―작자 미상

　이들은 꿈속에서 얼마나 많이 임의 집을 다녀간 것일까. 다시 말해 임의 꿈을 얼마나 많이 꾼 것일까. 프로이트가 "꿈은 소원 성취다"라고 말한 것처럼, 이들은 임의 집을 드나들고 싶은 소망을 꿈으로 이룬다. 이것은 현실에서 이룰 수 없는 욕망을 꿈속에서라도 충족하고자 하는 무의식의 작용일 터이다. 임과의 만남은 꿈속에서만 가능하다는 것, 꿈속이기에 자취를 남길 수 없다는 것이 나를 슬프게 한다. 게다가 족히 수백 번은 될 듯한 꿈의 횟수를 보면 소망을 넘어 열망이라고 칭해야 마땅한 사랑이다.

이 글을 쓰며 유지숙 명창의 〈수심가〉를 듣는다. 떨고 꺾는 목청에서 구슬픈 서도 민요의 애상이 흘러내린다. 읊조리듯 이어지는 "나 어이 할까요"에서는 어찌할 수 없는 현실의 안타까움이 가득하다. 노래를 듣노라니 그 옛날 조선 사람들이 삼삼오오 모여 〈수심가〉를 듣고 부르는 장면이 떠오른다. 흰옷 입은 사람들이 해가 지는 마당에 모여 앉아 제각각 꿈에 찾아가고 싶은 이를 떠올렸을 생각을 하면 마음 한쪽이 시큰하다. 나도 그 무리에 끼어 노래를 부르며 같이 애달프고 구슬퍼지고 싶다.

재 위에 우뚝 선 소나무

작자 미상

재 위에 우뚝 선 소나무 바람 불 적마다 흔덕흔덕

개울에 섰는 버들 무슨 일 좇아서 흔들흔들 흔들흔들

임 그려 우는 눈물은 말할 것도 없거니와 입하고 코는 어이 무슨 일 좇아서 후루룩 비쭉 하나니

167

슬픔과 거리 두기

'슬퍼하는 나'를 의식해 본 적이 있는가. 한껏 슬퍼하다가도 갑자기 슬픈 내가 생경하게 느껴진 경험이 한 번쯤 있을 것이다. 이와 관련하여 독문학자 문광훈은 저서 《비극과 심미적 형성》에서 "'슬퍼한다'는 것과, '슬픔을 의식한다'는 것은 다르다"라고 말하며 '반성적 거리(Reflective Distance)'라는 개념을 제시했다. 그에 따르면 "슬픔을 느낄 뿐만 아니라, 이 슬픔을 '알고' 그에 대해 '인식'한다는 것은 그 슬픔으로부터 '거리를 유지'한다는 뜻"이며, "슬픔은 이 거리 속에서 차츰 객관화"되고 나아가 "이성적으로 정화(淨化)된" "반성적 슬픔"이 된다고 한다.

바람이 불 때마다 흔들리는 소나무와 개울의 버들을 보며, 화자는 이별한 후 이리저리 흔들리는 자신과 닮았다고 여긴다. 어느새 마음은 또 임에게 향하고, 눈에서는 슬픈 눈물이 흐르기 시작한다. 그런데 잠깐, 눈물까지는 이해하겠는데 어그러지는 입과 코는 무슨 일이람. 울면서도 문득 화자는 "후루룩 비쭉" 울상이 되어 움직이는 자기 입과 코의 모양새가 우습다고 생각한다. 한창 슬픔에 빠졌다가도, 한순간 슬픔을 의식하고 슬픔으로부터 거리를 유지하는 것이다. 뒤이어 '내가 왜 이러지' 하며 눈물을 닦고 얼굴을 정돈할 화자를 상상해 본다. 이러한 반성적 거리는 화자의 슬픔이 객관화되고 이성적으로 정화된 슬픔으로 나아가는 토대가 될 수 있을 것이다.

객관화되고 이성적으로 정화된 슬픔이란 어떤 것일까? 문광훈의 같은 책에 의하면, "슬픈 감정에만 갇혀 있지 않"고 "싸구려 감상(感傷)이나 한탄 같은 잉여분을 조금씩 덜어 낸" 슬픔이다. 이별의 상황에서라면, 임 때문에 죽네 사네 하는 신파적 감정에 매몰되기보다 그간의 사랑을 차분히 돌아보고 천천히 이별을 수용하는 태도가 바로 '반성적 슬픔'에 해당하지 않을까 한다. 많은 경우 시간의 흐름을 필요로 하는 과정이지만, 어떤 계기에 의해서나 의식적인 노력으로 인해 슬픔의 상황과 동시적으로 진행되기도 한다. 사실 웬만한 내공과 경험이 아니고서 쉽지 않은 일이다.

그 내공과 경험의 하나로 '웃음으로 눈물 닦기'가 있다. 웃을 상황이 아닌, 지극히 슬픈 상황에서 의도되는 웃음은 슬픔과 거리를 두는 여러 방식 중 단연 고차원의 방식이다. 이 시조에서는 "후루룩 비쭉"이라는 표현으로 희극성을 드러내는데, 울면서도 콧물을 삼키고 입을 실룩거리는 표정이 바로 웃음 포인트이다. 초장과 중장에 등장하는 "흔덕흔덕", "흔들흔들"과 대응시켜 말맛을 느껴 보는 것도 이 시조의 또 다른 재미이다. 파안대소까지는 아닐지라도, 이러한 소소한 해학은 화자로 하여금 슬픔에 함몰되지 않고 슬픔으로부터 거리를 두게 만든다. 물론 임과 이별한 그 속이 오죽하겠냐마는, 싱겁게라도 한번 웃고 나면 마음이 조금 편안해지지 않을까?

슬픔의 한가운데에서는 미처 알 수 없는 것들이 있다. 지나간 사랑의 의미도, 앞으로 대응할 삶의 방향도 슬픔에 매몰되면 놓치기 쉽다. 어려운 일이지만 한번씩 되새기며 기억해 두려고 한다. 슬픔과도 거리 두기가 필요하다는 것을. 슬픔과 조금씩 거리를 두며, 우리는 과거를 소중히 품에 안고 앞으로 한 발짝 나아갈 수 있을 것이다.

가시리

작자 미상

가시리 가시리잇고 나난
버리고 가시리잇고 나난
위 증즐가 대평성대(大平盛代)

나더러는 어찌 살라 하고
버리고 가시리잇고 나난
위 증즐가 대평성대(大平盛代)

잡아 두고 싶지마는
선하면 아니 올세라
위 증즐가 대평성대(大平盛代)

서러운 임 보내옵노니 나난
가시는 듯 돌아오소서 나난
위 증즐가 대평성대(大平盛代)

가시리 가시리잇고 가시렵니까.
선하면 서운하면, 선뜻, 까딱 잘못하면 등으로 다양하게 해
석됨.

아름다운 이별

이별을 고하는 상대방에게 남겨지는 자는 어떤 말을 할 수 있을까. 떠나는 이유가 무엇인지 물을 수 있겠다. 내가 더 잘할 테니 다시 잘해 보자고 할 수도 있겠다. 잡고 싶은 자는 무슨 말을 해서라도 떠나려는 사람의 마음을 돌리고 싶어 한다. 어쩌다 간혹 붙잡는 이를 떨치지 못하고 헤어지자는 말을 거두는 사람도 있긴 하지만, 대개 그런 경우도 얼마 못가 예전의 이별을 다시 고하기 마련이다. 헤어지자는 말은 많은 고민과 망설임 끝에 나오는 말이므로 몇 마디 말로 쉽게 돌릴 수 있는 말이 아니다. 돌아선 마음을 붙잡는 일이 어디 쉬운 일인가.

그러나 막상 이별을 통보받는 자리에서 네 마음 알겠으니 받아들이겠다고 깔끔하게 상대를 보내 주기란 너무나도 어려운 일이다. 본인도 같은 생각이었던 것이 아닌 다음에야 어떻게 한번 잡지도 않고 단숨에 헤어질 수 있겠는가. 두어 번은 물어본다. 갈 것이냐고. 정말 갈 것이냐고. 상대는 대답 대신 고개만 끄덕인다. 마음은 이미 돌아선 듯하고, 이별은 의심 없이 사실이 되었다.

이 노래가 빛나는 순간이 지금부터다. 화자는 결정된 이별을 두고, 더는 임을 잡는 것을 포기하고 보내 주는 것을 선택한다. 이유는 "선하면 아니 올세라". 즉, 너무 매달리며 임을 잡으면 자신에게 남았던 일말의 정마저 다 떨어져 버리고 영영 돌아오지 않을까 염려하는 것이다. 아무리 임이 결정한 이별일지라도, 시간이 흐르고 나면 임이 자신을 그리워하거나 좋았던 시절을 떠올려 다시 만날 수 있을지도 모른다. 그런데 지금 임을 질리게 하면 재회의 가능성조차 없어질 수 있으니, 돌아와 달라는 단서를 붙이더라도 지금은 그만두고 보내 주는 것이 옳다고 화자는 생각한다.

나는 기왕에 사방으로 거처를 옮겨 다니는 신사의 도소를 따라가지 못할 바에야 신통의 짐이 되어서는 안 되겠다는 생각이었다. 불승들처럼 단칼에 마음의 집착을 휙 베어 낼 수야 없겠지만, 내 몸이 먼저 떠

나면 마음은 타래에서 풀린 실처럼 서서히 따라오다
가 모르는 결에 어디선가 툭 끊어져 나가게 될 것 같
았다. 혹시 누가 알까, 그이가 끊어진 실의 끄트머리
를 잡고 내가 간 길을 되짚어 돌아오게 될지. 그이에
게 부담이 되기보다는 내 빈자리를 그의 곁에 남겨
두고 싶었다.

— 황석영, 《여울물 소리》, 창비, 2014

한술 더 떠서, 정해진 이별을 당면하여 먼저 떠
나는 모습을 보여 주는 이도 있다. 가만히 보내 주었
던 기억은 상대에게뿐만 아니라 내게도 아름답게 남
는다는 것을 시간이 지나고 나면 알게 된다.

제망매가(祭亡妹歌)

월명사

삶과 죽음의 길은
여기 있으니 두려워지고
나는 간다는 말도
못 다 이르고 어찌 가는가.
어느 가을 이른 바람에
여기저기 떨어지는 나뭇잎처럼
한 가지에 나서
가는 곳을 모르는구나!
아아! 미타찰(彌陀刹)에서 만날 나
도를 닦으며 기다리련다.

미타찰(彌陀刹) 불교에서 말하는 아미타불의 국토. 극락세계.　　175

다시 만날 그곳에서

'휘잉'. 아직 칼바람이 불기에 이른 가을인데 갑자기 세찬 바람이 분다. 이내 나뭇가지에 매달렸던 잎새들이 떨어진다. 봄날의 낙화가 처연함을 보여준다면 가을날의 낙엽은 바스러질 듯 위태롭다. 오 헨리의 단편 〈마지막 잎새〉에서 환자인 존시가 담쟁이덩굴의 잎새를 본인의 운명과 같이 생각한 것처럼, 팔랑 혹은 툭 하고 떨어지는 나뭇잎은 죽음의 이미지를 내포한다. 인간은 이 나뭇잎들을 바라보며 죽음을 떠올리고, 죽음 이전의 삶을 추억하고, 삶 이전의 시원(始原)을 생각하고, 죽고 사는 일의 의미를 질문한다.

이 향가는 신라 경덕왕 때의 승려인 월명사가 죽은 누이의 명복을 빌며 부른 노래다. 월명사는 승려인 까닭에 누이의 죽음을 겪으며 마주하는 의문들을 불교에 기대어 해결하고자 한다. 다행히 그곳에는 사후의 세계가 있고, 아미타불이 있는 미타찰(彌

陀利)이라는 정토(淨土)가 있어, 죽은 누이와의 재회를 기대할 수 있다. 《삼국유사》에 따르면 월명사가 재를 올리며 이 노래를 부르자 돌연 회오리바람이 불어 지전이 서쪽으로 날아갔다고 하니, 월명사의 바람이자 다짐인 미타찰에서의 재회는 분명히 이루어졌으리라 믿는다.

올가을 우리 집에도 부고가 있었다. 7남매의 맏이인 큰고모가 돌아가신 것이다. 작년에는 막내 고모의 갑작스러운 부고가 있었는데, 아빠와 형제들에게는 1년여 만에 다시 닥친 동기간의 죽음이었다. 막내 고모의 상을 치를 당시에도 큰고모는 중환으로 병실에 누워 있어, 큰고모에게 막내 고모의 죽음을 알리지 말라는 어른들의 당부가 있었다. 그랬는데, 건너간 그곳에서 막냇동생을 만나고 가슴이 쿵 내려앉을 큰고모는 어떡하나. "아니, 막내이가 여기 왜 있노." 하며 주저앉을 언니와 "언니, 벌써 오면 어떡해." 하고 언니의 손을 부여잡을 동생 자매를 떠올리면 계속 눈물이 흐른다. 그저 내가 할 수 있는 일은 자매가 만난 그곳이 미타찰일 것이라고, 마음을 다해 기원하고 믿는 일이다.

살면서 이런저런 죽음을 겪었어도, 동기간의 죽음은 그야말로 골육과의 이별이기에 몸과 마음이 모두 아프다. 어디로 가는지도 모른 채 내 골육을 그저 보내야 하는 망연한 마음을 어떻게 표현할 수 있을까. 부모라는 나뭇가지에서 함께 돋았지만 제각기 가는 곳은 이쪽저쪽인 동기간의 운명. 이른 바람에 떨어진 아까운 잎들을 바라보며 죽고 사는 일에 의문을 품었을 아빠를 생각해 본다. 산다는 건 무엇이고 죽음은 어떤 의미인가. 우리가 함께했던 삶의 시간은 어디에서 다시 찾을 수 있는가. 죽음 너머에서 그 시간은 재현될 수 있는가. 삶과 죽음의 각 편에서 우리는 어떻게 닿을 수 있는가. 의문들을 곱씹고 곱씹으며 슬픔의 힘으로 다시 살아갈 아빠에게 이 노래가 위로가 될 수 있기를 바란다. 남은 이에게도 미타찰은 있어야 할 곳이다.

도망(悼亡)

김정희

35일

어떻게 월로께 호소를 하여
서로가 내세에 바꿔 태어나
천 리 밖에서 내가 죽고 그대는 살아서
이 마음 이 설움 알게 했으면.

월로 월하노인. 부부의 연을 맺어 준다는 전설 속의 노인.

그리운 당신

제주도의 추사관을 방문했을 때가 생각난다. 그 곳에서 나는 추사 김정희가 제주도로 유배를 당해 모진 생활을 하던 시기에 그린 〈세한도〉를 처음 마주했다. 작품 속에 놓인 김정희의 글씨와 그림들을 찬찬히 살펴보면 9년이라는 제주도에서의 유배 생활이 김정희에게 얼마나 고통이었을지 짐작할 수 있다. 음식이며 기후가 모두 낯선 섬에 갇혀 가족들과 변변히 왕래도 하지 못한 채 편지로 소식을 주고받을 뿐이었던 나날이 그려진다. 이러한 생활 중에 전해진 부인의 부고는 간신히 희망을 붙잡고 살아가던 김정희를 와르르 무너뜨렸을 것이다. 심지어 이 소식은 한 달 만에 전해진 것이라고 한다. 본가가 있는 충남 예산에서 제주까지, 12월 한겨울에 유배지로 전해지는 부고임을 감안해도 너무 늦은 기별이 아닌가. 사랑하는 아내가 이미 한 달 전에 저세상으로 떠났다는 소식을 듣고 김정희는 애통함에 오열했다고 한다. 유배지에 묶인 몸이라 제주를 떠날 수 없는 상황에서, 한 달이나 지나 버린 아내의 임종을 맞이했을 그 슬픔을 7언 절구의 시 한 편에 꾹꾹 담았다. 김정희는 이 28자의 한자를 한 자 한 자 써 내려 가며 울음을 삼키다 뱉다 반복했을 것이다.

안동에 갔을 때 월영교를 방문했다. 그곳에서 '원이 아버지께'라는 제목의 편지를 보았다. 조선 선조 때 서른의 나이로 요절한 선비의 시신에 함께 묻힌 이 편지는 임신 중이던 아내가 입관을 앞두고 휘갈겨 쓴 한글 편지이다. 매일 함께 자리에 누워 "이보소, 남들도 우리같이 서로 어여삐 여겨 사랑할까? 남들도 우리 같을까?" 하는 이야기를 들어 주던 남편, "둘이 머리 세도록 살다가 함께 죽자." 하던 남편에게 이제 당신 여의고 살 수 없으니 얼른 자신을 데려가라고 말하는 아내. 급히 편지를 써넣는 이유가 이 편지를 본 감상을 꿈에 와서 일러 주기를 바라는 것이라는 부분에서 읽는 이는 울컥한다. 자네 마음 잘 안다고, 잊지 않을 테니 원이 잘 키우고 천천히 내 곁으로 오라는 원이 아버지의 답을 꿈속에서 들었기를 기도한다.

인생의 동반자를 먼저 떠나보내고 홀로 남겨지는 것만큼 슬프고 외로운 일이 있을까? 일생의 생사고락을 함께 한 배우자이건만 이 슬픔만은 나눌 수가 없다. 오롯이 혼자서 겪어 내야 하는 상실이다. 혼자 겪어 내야 하기에 더 막막하고 두려운 상실이다. 그래서 원이 어머니는 남편의 답장을 기다리고, 김정희는 아내의 공감을 얻고 싶었나 보다. 곁에 없지만 있는 것처럼, 막막하고 두려운 이 마음을 예전처럼 함께 겪어 나가고 싶으므로.

황조가(黃鳥歌)

유리왕

훨훨 나는 저 꾀꼬리
암수가 서로 의지하는데,
외로운 이내 몸은
누구와 함께 돌아가랴?

나 홀로 외로이

　재잘재잘 정답게 대화를 나누는 연인을 바라보면 외로운 자신의 처지가 더욱 슬프게 느껴진다. 연인들로 가득한 크리스마스의 번화가에 홀로 거리를 걸으며 울적해 본 사람이라면 이해할 것이다. 세상 모두 사랑으로 가득 차 즐겁고 행복한데, 나만 혼자인 초라한 기분. 나도 저렇게 연인과 함께 다정히 걷고 싶다는 마음이 드는 건 인지상정이다.

　이 시도 그러한 인지상정에서 비롯된 시다. 《삼국사기》 고구려 본기 유리왕조에는 이 시와 함께 이 시가 창작된 배경이 기록되었는데, 읽어 보면 사랑 앞에선 왕도 백성과 다름없다는 생각이 든다. 주인공은 고구려 제2대 왕인 유리왕이다. 왕은 왕비가 죽고 화희와 치희라는 두 명의 처를 얻었지만, 이 두 여인의 사이가 좋지 않았다. 유리왕이 사냥으로 궁을 비운 사이 두 여인은 크게 다투게 되는데, 치희의 출신을 두고 화희가 모욕하자 화가 난 치희는 궁을 나가 버리기에 이른다. 유리왕이 이 일을 알게 돼 급히 치희를 쫓아갔지만 붙잡지 못했고, 자신의 처지를 슬퍼하며 느낀 바를 〈황조가〉로 노래했다고 한다.

고전 시가에는 자연물에 자신의 감정을 이입하여 자신과 동일시하거나, 반대로 자연물과 대비하여 자신의 정서를 강조하는 형태의 시상 전개가 많이 나타난다. 주변에서 쉽게 접할 수 있는 데다 깊은 심회를 토로할 수 있는 대상이 자연이기 때문이다. 〈황조가〉의 경우 자연물과 자신을 대비하는 형태에 속하는데, '정다운 꾀꼬리 대(對) 외로운 나'의 구도로 볼 수 있겠다. 재잘재잘 호로록 청아하게 정을 나누는 꾀꼬리의 소리가 얼마나 아름다웠을까. 반대로 연인을 잃고 와서 힘없이 주저앉은 자신의 모습을 보면 당연히 비교가 될 만하다. 나는 누구와 함께 돌아가야 하나, 한 쌍의 꾀꼬리를 보며 유리왕은 저절로 탄식이 흘러나왔을 것이다.

그러고 보니 사랑을 노래한 시가에서는 자연물 가운데서도 특히 새가 많이 등장하는 듯하다. 아무래도 홀로 있거나 쌍쌍이 다니는 모습이 자주 눈에 띄어서이기도 하겠고, 새의 울음소리도 구슬프거나 아름답게 화자의 정서를 잘 돋우기 때문이기도 하겠다. 작품에 따라 다르겠지만 보통 꾀꼬리는 정다운 한 쌍으로, 두견이는 외로이 홀로 남겨진 새로 그려지는 경우가 많다. 아마도 각각의 울음소리가 지닌 특성에서 비롯했을 것이다. 참고로 접동새와 자규(子規) 모두 두견이를 일컫는 말로, 그 울음소리가 처량하고 서글퍼서 들으면 그윽한 심회에 젖게 된다.

어떤 새를 보아도 이별은 슬프다. 정다운 꾀꼬리를 보면 나와 비교되어서 슬프고, 구슬픈 두견이 소리를 들으면 나와 같아서 슬프다. 어찌해도 슬픈 이별이지만 새에게라도 기대어 슬픔을 토로해 본다. 함께 돌아갈 누군가가 나타날 때까지.

찬기파랑가(讚耆婆郎歌)

충담사

열어젖히자 벗어나는 달이
흰 구름 좇아 떠간 언저리
백사장 펼친 물가에
기파랑의 모습이 잠겼어라.
일오천(逸烏川) 자갈벌에서
낭의 지니신 마음 좇으려 하네.
아! 잣나무 가지 높아
서리 모를 씩씩한 모습이여!

그리움을 위하여[*]

이 노래는 《삼국유사》에 언급되었지만, 관련 내용이 풍부하지 않아 배경을 파악하기 어렵다. 향가인 탓에 학자들마다 해독도 각각 다르고, 정확한 의미를 이해하기 어려운 구절들도 있다. 그러나 주제는 대부분의 연구에서 내용이 일치한다. '기파랑'이라는 화랑을 예찬하고 추모하는 노래라는 것이다. 생전 고매한 인품과 늠름한 태도를 지녔던 기파랑의 모습이 다양한 자연물에 비유되어 나타난다.

기파랑의 행적은 알려진 바 없지만, 충담사로부터 찬가를 받을 만큼 생전에 뛰어난 화랑이었음은 짐작할 수 있다. 지금도 존경받는 큰 어른이 돌아가시면 그를 기리는 후배들과 친지들이 추모의 글을 남기는 경우가 많은데, 이 노래도 그렇다. 돌아가신 분의 거룩함, 그분을 보내는 슬픔, 그분을 향한 그리움 등이 고아한 표현으로 드러난다.

충담사에게 기파랑이 있었듯이 이 향가를 읽으

 [*]박완서, 《그리움을 위하여》 속 단편 제목 인용

며 내가 떠올리는 분은 소설가 박완서 선생님이다. 이제 고인이 되신, 나의 영원한 문학 선생님. 고등학교 1학년 때 교과서에 실린 선생님의 단편 〈그 여자네 집〉을 읽고 흠뻑 빠져 장편과 단편은 물론 산문과 인터뷰집까지 선생님의 글이라면 안 읽은 글이 없다. 지나간 시대를 증언하고 현시대를 비판하며 미래를 통찰하는 선생님의 시선이 내 안에 강렬하게 남아 있다. 남들에게 감추고 싶은 인간의 속내를 날카롭게 파헤치며 끝내 까뒤집어 보여 주는 그 문장들을 여전히 기억한다.

멀리서 흠모만 하던 분을 실제로 뵌 것은 대학교 4학년 때인데, 단과대학 주최로 열린 '소설가 박완서 초청 강연회'에서였다. 강연 중간 쉬는 시간에 화장실에서 뵌 선생님은 줄을 서서 차례를 기다리셨고, 마침 바로 뒤에 줄을 선 나는 망설이다 선생님께 인사를 드렸다. 교사가 되기 위한 시험을 준비하는 중에 강연을 들으러 왔다고 말씀 드리며. 강연 전반부에서 딸을 교사로 키우려 했던 당신의 모친 이야기와 교사 직업의 중요성을 말씀하셨던 터라 내 이야기에 더욱 기껍게 반응하셨던 듯하다. 활짝 웃으

시며 꼭 합격하기를 바란다고 격려해 주신 것이 참으로 감사했다.

그렇게 뵌 지 1년여 만에 하늘의 별이 되셨다는, 믿기 힘든 소식을 듣고 눈물부터 났다. 추웠던 날씨만큼이나 얼어붙은 마음으로 뜻이 맞는 친구와 함께 장례식장을 찾았다. 격려해 주신 대로 나는 교사가 되었는데 이렇게 빨리 가 버리시면 어떡하느냐는 말을 조용히 삼켰다. 비통한 마음으로 빈소에 들어선 나와 친구를 유족들께서 따뜻하게 맞아 주셨다. 조문을 마치고 나오던 길에 보았던 하얀 하늘과 거리의 모습이 10년이 지난 지금도 생각난다.

마음이 무언가를 애타게 찾을 때, 삶을 지킬 수 있는 무언가가 절실하게 필요할 때, 나는 선생님의 글을 떠올린다. 여전히 그분을 생각하면서, 나는 읽었던 소설을 다시 읽고 새로운 의미를 찾아내며 그분을 흉내 낸 글들을 아무도 몰래 끄적일 것이다.

처용가(處容歌)

처용

동경(東京) 밝은 달에 밤새도록 노닐다가

들어와 자리를 보니 다리가 넷이구나.

둘은 내 것이지만 둘은 누구의 것인가.

본래 내 것이지만 빼앗긴 것을 어찌하리.

받아들이고 놓아 주며 얻는 승리

중국의 신화집 《산해경(山海經)》에는 흥미로운 짐승이 많이 나오는데, 그중 가장 나의 흥미를 끈 짐 승은 '유(類)'이다. 이 짐승은 자웅동체, 즉 암수한몸 인 짐승으로 이 짐승의 고기를 먹으면 질투를 하지 않게 된다고 하니 관심이 가지 않을 수 없다. 인간의 괴로움을 유발하는 감정을 짐승의 고기를 먹어 없앨 수 있다는 점도 재미있지만, 이 짐승의 특징과 제거 되는 감정의 성격을 연결해 보면 더욱 흥미롭다.

'유(類)'의 특징은 '암수한몸'이라는 것이고, 이 짐승의 고기를 먹어서 제거되는 감정은 '질투'이다. 나름의 해석을 해 보자면 여성과 남성의 생식기를 모두 가져 성(性)적으로 부족함이 없는 완전한 형태 가 되면 질투할 일이 없어진다는 의미로 읽힌다. 바 꾸어 말하면 한쪽의 성별만 가진 불완전한 상태에서 는 질투할 일이 생길 수밖에 없다는 것이다. 자신에 게 결핍된 무언가를 얻기 위해 애쓰고 얻은 것을 빼

앗기지 않으려 노력하는 인간의 성정을 생각해 보면 잘못된 해석은 아니지 싶다.

그렇다면 처용은 유의 고기를 먹은 것일까? 일반적인 사람이라면 눈이 뒤집힐 극단의 광경을 마주하고서도 처용은 "빼앗긴 것을 어찌하리"라는 한 마디로 상황을 수용한다. 유의 고기를 먹어 질투심이 사라진 것이 아니고서야 어떻게 이리 차분한 모습을 보여 줄 수 있단 말인가. 그런데 이 짐승은 실존하는 짐승이 아니라 《산해경》에 등장하는 상상 속의 짐승이라 처용이 먹었을 리가 없다.

처용은 유의 고기가 필요 없는 사람이다. 그가 암수한몸이어서가 아니라, 성별을 초월하여 홀로 완전함을 이룰 수 있는 경지에 있는 사람이기 때문이다. 처용은 아무리 아내라고 하더라도 상대를 향한 소유욕을 내세우지 않고, 자신이 제어할 수 없는 일을 두고 무리하게 개입하지 않는다. 아내가 다른 남성과 잠자리에 있는 모습을 목격하고도 두 사람을 결딴내기보다 상황을 인정하고 춤을 추며 그 자리를 물러난다. 이러한 처용의 대처는 다른 사람들은 물론 아내의 잠자리 상대인 역신(疫神)에게까지 두루

감화를 주었다고 하는데, 인간으로서의 본성을 다스리는 일이 얼마나 어려운 일인지를 귀신도 잘 알기 때문이리라.

　보통 사람으로서는 어려운 일이다. 인간은 암수한몸이 아니기에 질투는 피할 수 없는 인간의 근원적인 감정이고, 부정을 저지른 배우자에게 느낄 배신감도 너무나 자연스럽다. 그렇기에 무턱대고 용서를 기대하는 것은 오히려 우스운 일이다. 모두가 처용이 될 수 없는 일 아닌가.

　다만 신의를 저버린 아내의 행동을 앞에 두고 처용이 대처하는 방식은 곱씹어 볼 필요가 있다. "본래 내 것이지만" 이제는 "빼앗긴 것"이 된 사랑(아내)을 인정하고 받아들이는 자세. 아내의 다리가 아닌 나머지 두 다리가 내 다리가 아니라는 것이 중요할 뿐, "누구의 것"인지에 집착하지 않는 태도가 웅숭깊게 다가온다. 쉽지 않은 일이지만, 이미 벌어진 일을 당면하는 성숙하고 현명한 방식이지 싶다. 국문학자 이어령은 생의 마지막 방송 대담에서 처용을 두고 폭력을 폭력으로 갚지 않고 덕과 관용으로 대한 이라고 평하였는데, 처용의 이 '덕'과 '관용'은 상대에게

베푸는 시혜일 뿐만 아니라 자신의 내면을 지키는 방식이기도 하다. 처용의 품위에 감복한 역신이 그 자리를 떠나 다시는 얼씬하지 않았다는 후일담은 무엇이 진정한 승리인지를 여실히 보여 준다.

두고 가는 이의 안과

작자 미상

두고 가는 이의 안과 보내고 있는 이의 안과

두고 가는 이는 설옹남관(雪擁藍關)에 마부전(馬不前)
뿐이러니

보내고 있는 이의 안은 방초년년(芳草年年)에 한불궁
(恨不窮)이로다

설옹남관(雪擁藍關)에 마부전(馬不前) 중국 당나라의 한유의 시
에서 유래한 말로, 남관(중국의 한 지역 이름)에 눈이 쌓여 말이
앞으로 나가지 못한다는 의미.

방초년년(芳草年年)에 한불궁(恨不窮) 꽃다운 풀이 해마다 자라
는 가운데 끝없는 이별의 한을 품음.

슬픔의 격차

사랑하는 이를 남겨 두고 떠나야 하는 사람과 사랑하는 이를 보내야 하는 사람 중에 더욱 심정이 애끓는 사람은 누구일까. 사랑하는 이와의 이별이라는 상황은 두 사람 모두에게 똑같이 적용되는 것이지만 두고 떠나는 것과 남겨지는 것은 다르다. 같은 상황에서도 미묘하게 다른 이 지점을 짚어 내어 비교의 대상으로 삼는 시인의 시각이 날렵하다.

이 시조의 상황으로 들어가기 전에, 마음이 식어 상대를 두고 가는 사람과 그런 이를 보내야 하는 사람의 마음을 비교해 보자. 이별의 슬픔만 놓고 본다면 이 비교는 크게 의미가 없다. 보내야 하는 쪽의 애달픔과 서러움이 압도적으로 클 테니까. 그러나 두고 가는 경험을 해 본 내가 변명을 좀 하자면, 두고 가는 사람의 마음도 썩 좋지 않다. 좋기는커녕 복잡하기 이를 데 없다. 한때 사랑했던 사람에게 상처를 준다는 죄책감과 악역을 맡게 되는 부담감, 좋았던 날들을 돌이켜 보며 느끼는 회한과 그럼에도 불구하고 결단하여 실행해야 하는 두려움이 한데 엉켜 온몸을 무겁게 짓누른다. 두고 가는 이별도 쉽지 않다는 뜻이다. 물론 이 어려움을 가지고 보내는 사람의 마음에 필적할 생각은 전혀 없다.

한쪽이 일방적으로 관계의 종언을 선언하는 것이 아니라 서로 사랑하는 사이에서 맞는 이별이라면 이야기가 조금 달라질까? 세부적인 논의야 조금 달라질 수 있겠으나 결론만 보자면 다를 바 없다는 것이 시인의 생각이다. 아마도 이 시조를 쓴 시인은 보내는 쪽이 아니었을까 싶은데, 역시나 보내는 이의 마음을 더욱 애달프게 그린다. 두 마음 모두 어찌할 수 없는 슬픔은 마찬가지이지만 슬픔의 정도를 비유한 바에서 그 차이가 느껴진다. 피아노 연주로 치자면 포르테(f, 세게)와 포르티시모(ff, 매우 세게)의 차이랄까.

두고 가는 이의 마음은 남관(중국의 한 지역 이름)에 눈이 쌓여 말이 앞으로 나가지 못할 때의 심정과 같지만, 보내는 이의 마음은 꽃다운 풀이 해마다 자라는 가운데 끝없는 이별의 한을 품는 것과 같은 심정이라 했다. 전자가 차마 가지 못하는 막막함을 표현한 것이라면 후자는 아름다운 봄날에도 봄을 즐기지 못하고 홀로 한 서린 세월을 보내야 함을 표현한 것이다. '막막함'과 '한', '때'와 '세월'의 차이. 이 다소간의 간극이 느껴지는가.

어떤 피치 못할 사정이든 간에 "두고 가는 이"와 "보내고 있는 이"의 위치는 다를 수밖에 없다. 그 위치의 차이는 "두고 가는 이"와 달리 "보내고 있는 이"에게 의지나 선택의 여지가 조금도 있지 않은 데에 기인한다. 둘이 하는 사랑의 크기가 같지 않은 것처럼 둘이 하는 이별에서도 같은 크기의 슬픔은 없다. 그것이 사랑의 속성이자 이별의 속성이라는 것을 이 시조를 읽으며 이해할 수 있다.

증별(贈別)

정철

헤어지는 게 아쉬워서 거듭 손잡고
회포를 말하며 다시금 술을 따르라 하네.
일생 동안 자주 모였다가 흩어지니
만사를 천지에다 맡겨 버려야지.

하늘의 뜻

석별의 정을 나누는 순간, 이대로 헤어지기 너무나도 아쉬워 잡았던 손을 또 잡고 했던 이야기를 반복한다. 술을 마시는 중이라면 한 잔만 더 하고 헤어지자고 한 것이 어느새 한두 병이 되기도 한다. 저기 가로등까지만 데려다주겠다고 하고 가로등에 이르러, 이번에는 상대가 나를 반대편 벤치까지만 데려다주겠노라고 제안한다. 그렇게 같은 곳을 왔다 갔다 하다 보면 헤어지리라 마음먹은 시간을 훌쩍 지나기 일쑤다.

이 시를 쓴 정철은 사람과 술을 좋아했고 정치적으로 풍파가 많은 삶을 살았다. 뜻이 맞는 친구들과의 교유, 정치 상황으로 인한 대립, 타지로의 부임, 유배로 인해 만남과 이별이 그에게 숱하게 일어났다. 정철은 예의 그 뛰어난 문장으로 석별의 회포를 담아 헤어지는 이에게 정표로 주곤 했는데, 이 5언 절구의 한시도 그중 하나이다. 이 시의 제목인 '증별

(贈別)'은 시나 노래를 지어 정표로 주며 헤어진다는 의미로, 정철이 남긴 여러 증별의 시들을 보면 어느 것 하나 아닌 것 없이 모두 아쉬움과 서운함이 곡진하게 나타난다.

헤어질 때마다 안타깝고 딱한 마음 금할 길이 없지만, 많은 경험이 쌓이며 정철도 어느 순간 깨달았을 것이다. 일생에 만남과 이별은 부지기수라는 것을, 그리고 그것은 인간이 결정할 수 없다는 것을 말이다. 원한다고 만남이 이루어지고, 거부한다고 이별을 막을 수 있는 것이 아님을 아는 자의 '받아들임'의 자세가 전구와 결구(3~4구)에 걸쳐 담담하게 드러난다. 한갓 인간이 발버둥 친다고 하여 만남과 이별이라는 하늘의 뜻을 운용할 수는 없다고. 그저 하늘이 주관하는 세상사 이치를 수용하고 인정하는 수밖에 없다고.

이와 같은 생각은 운명론적 사고로 치부될 수 있겠지만, 이때의 '받아들임'은 생을 향한 의지를 꺾은 채 예정된 대로만 살아가려 하는 무조건적인 순응을 의미하는 것은 아니다. 그보다 만남과 이별의 속성을 인식하는 방식과 헤어짐을 마주하는 태도의 일환으로 이해할 수 있다. 만남과 이별은 세상사에 흔한 것이라는 인식을 바탕으로 만남과 이별에 지나치게 연연하지 말고 의연하게 그 시작과 끝을 하늘에 맡기자는 태도이다. 이러한 인식과 태도는 만남과 이별을 맞이함에 있어 달관의 자세를 취한다는 점에서 불교에서 말하는 '회자정리 거자필반(會者定離 去者必返, 만남에는 반드시 이별이 따르고, 헤어진 사람은 반드시 다시 만난다)'과도 유사한 점이 있다. 어쩌면 만남과 이별을 대하는 정철의 인식과 태도는 무조건적인 순응이라기보다, 오히려 이별의 슬픔을 달관의 태도로 다스리며 스스로 위로하고자 하는 의지의 소산이 아닐까?

한시 특유의 형식미와 절제된 표현으로 이별의 아쉬움을 보여 주는 이 시는 감정을 조절함으로써 역설적으로 더 큰 슬픔을 드러낸다. 어쩌겠느냐고, 다 그런 거라고 말하는 이의 옅은 미소 속에서 감출 수 없는 씁쓸함을 나는 가만히 들여다본다.

참고 문헌

1. 〈임이 오마 하거늘〉:《청구영언 김천택 편 주해편》,
   권순회·이상원·신경숙, 국립한글박물관, 2017.
   〈마음이 어린 후이니〉:《교주 병와가곡집》, 김용찬, 월인, 2001.
2. 〈동짓달 기나긴 밤을〉:《청구영언 김천택 편 주해편》,
   권순회·이상원·신경숙, 국립한글박물관, 2017.
3. 〈정석가〉:《고려 속요 집성》, 김명준, 다운샘, 2002.
4. 〈헌화가〉:《삼국유사》, 일연 저, 김원중 역, 민음사, 2008.
5. 〈만전춘별사〉:《고려 속요 집성》, 김명준, 다운샘, 2002.
6. 〈바람도 쉬어 넘는 고개〉:《교주 병와가곡집》, 김용찬, 월인, 2001.
7. 〈저 건너 흰옷 입은 사람〉:《청구영언 김천택 편 주해편》,
   권순회·이상원·신경숙, 국립한글박물관, 2017.
8. 〈서방님 병들어 두고〉:《해동가요에 관한 연구》, 황충기,
   국학자료원, 1996.
9. 〈북천이 맑다커늘〉:《교주 병와가곡집》, 김용찬, 월인, 2001.
   〈어이 얼어 자리〉:《교주 병와가곡집》, 김용찬, 월인, 2001.
10. 〈눈썹은 수나비 앉은 듯〉:《청구영언 김천택 편 주해편》,
    권순회·이상원·신경숙, 국립한글박물관, 2017.
    〈웃는 양은 눈매도 고우며〉:《교주 병와가곡집》, 김용찬, 월인,
    2001.
11. 〈청산은 내 뜻이오〉:〈황진이의 작품 속에 내재된 트라우마와
    욕망 탐색〉, 장만식,《열상고전연구 제45집》, 2015, p.35~69.
    〈산은 옛산이로되〉:《교주 병와가곡집》, 김용찬, 월인, 2001.

12. 〈사랑이 거짓말이〉:《교주 병와가곡집》, 김용찬, 월인, 2001.

13. 〈정읍사〉:《고려 속요 집성》, 김명준, 다운샘, 2002.

14. 〈마음이 지척이면〉:《육당본 청구영언》, 황충기 해제·주석, 푸른사상, 2013.

15. 〈모시를 이리저리 삼아〉:《교주 병와가곡집》, 김용찬, 월인, 2001.

16. 〈꿈으로 차사를 삼아〉:《교주 병와가곡집》, 김용찬, 월인, 2001.

17. 〈견흥〉:《허난설헌 시선》, 허난설헌 저, 허경진 역, 평민사, 2019.
    〈서경별곡〉:《고려 속요 집성》, 김명준, 다운샘, 2002.
    〈만전춘별사〉:《고려 속요 집성》, 김명준, 다운샘, 2002.

18. 〈사랑을 찬찬 얽동혀〉:《교주 병와가곡집》, 김용찬, 월인, 2001.

19. 〈상공을 뵈온 후에〉:《청구영언 김천택 편 주해편》, 권순회·이상원·신경숙, 국립한글박물관, 2017.

20. 〈사랑이 어떻더니〉:《교주 병와가곡집》, 김용찬, 월인, 2001.

21. 〈임 이별 하올 적에〉:《역주 금옥총부 주옹만영》, 안민영 저, 김신중 역, 박이정, 2003.

22. 〈말은 가자 울고〉:《고금가곡》, 윤덕진·성무경 주해, 보고사, 2007.

23. 〈송인〉:《고려 한시 선집》, 이성호 역, 문학동네, 2013.

24. 〈속미인곡〉:《고금가곡》, 윤덕진·성무경 주해, 보고사, 2007.

25. 〈임이 혀오시매〉:《교주 병와가곡집》, 김용찬, 월인, 2001.

26. 〈묏버들 가려 꺾어〉:《기생문학산고 1》, 이상원, 국학자료원, 2012.

27. 〈규원가〉:《고금가곡》, 윤덕진·성무경 주해, 보고사, 2007.

28. 〈백초를 다 심어도〉:《교주 병와가곡집》, 김용찬, 월인, 2001.

29. 〈이별하던 날에〉:《교주 병와가곡집》, 김용찬, 월인, 2001.

30. 〈방물가〉: 국립국악원 국악사전.

31. 〈수심가〉: 국립국악원 국악사전.
    〈자술〉:《여성 한시 선집》, 강혜선 역, 문학동네, 2012.
    〈꿈에 다니는 길이〉:《교주 병와가곡집》, 김용찬, 월인, 2001.

32. 〈재 위에 우뚝 선 소나무〉:《청구영언 김천택 편 주해편》, 권순회·이상원·신경숙, 국립한글박물관, 2017.

33. 〈가시리〉:《고려 속요 집성》, 김명준, 다운샘, 2002.

34. 〈제망매가〉:《삼국유사》, 일연 저, 김원중 역, 민음사, 2008.

35. 〈도망〉:《완당 평전 1》, 유홍준, 학고재, 2002.

36. 〈황조가〉:《삼국사기 2》, 김부식 저, 박장렬 외 역,
   한국인문고전연구소, 2014.

37. 〈찬기파랑가〉:《삼국유사》, 일연 저, 김원중 역, 민음사, 2008.

38. 〈처용가〉:《삼국유사》, 일연 저, 김원중 역, 민음사, 2008.

39. 〈두고 가는 이의 안과〉:《청구영언 김천택 편 주해편》,
   권순회·이상원·신경숙, 국립한글박물관, 2017.

40. 〈증별〉:《송강 정철 시선》, 정철 저, 허경진 역, 평민사, 2020.

오래된 시의 초대

초판 1쇄 발행 2025년 2월 21일

지은이   안희진
펴낸이   박영미
펴낸곳   포르체

책임편집   이경미
마케팅   정은주 민재영
디자인   황규성

출판신고   2020년 7월 20일 제2020-000103호
전화   02-6083-0128
팩스   02-6008-0126
이메일   porchetogo@gmail.com
인스타그램   porche_book

여러분의 소중한 원고를 보내주세요.
porchetogo@gmail.com